Für Lizzy von Mutsch

5 4 3 2 1
ISBN 978-3-649-61532-3
© 2015 Coppenrath Verlag GmbH & Co. KG,
Hafenweg 30, 48155 Münster
Alle Rechte vorbehalten, auch auszugsweise
Text: Andrea Russo
Dieses Werk wurde vermittelt durch die Literarische Agentur
Thomas Schlück GmbH, 30827 Garbsen
Illustrationen: Elisabeth Bruder
Lektorat: Eva Philippon, Sara Mehring
Satz: Helene Hillebrand
Printed in Slovakia

www.coppenrath.de

Andrea Russo

Gestrandet auf
INTERNAT BERNSTEIN

Mit Illustrationen von
Elisabeth Bruder

COPPENRATH

Hier kommt Paulina!

»Hohlbratze!«, sagt Kira und grinst mich an.
»Dumpfbacke!«, kontere ich.
»Megazicke!«
»Lisa!«
»Boah, du hast mich nicht wirklich gerade Lisa genannt, oder? Das ist echt gemein!« Ich remple Kira an, sodass sie fast vom Beckenrand rutscht.
Kira krallt sich mit einer Hand an mir fest, mit der anderen hält sie sich den Bauch vor Lachen. »Der war gut, oder? Gibst du nun auf?«
»Voll krass«, gebe ich zu. »Eine schlimmere Beleidigung als *den* Namen gibt es wohl kaum. Du hast ganz eindeutig gewonnen.«
Lisa geht in unsere Klasse. Und sie ist die absolute Oberzicke. Das Schlimmste an ihr ist ihre Stimme. Die ist megaschrill – und dazu noch mindestens zehn Stufen zu laut. Am besten hält man genügend Sicherheitsab-

stand, sonst fängt man sich, wenn man Pech hat, unangenehmes Ohrensausen ein. Zum Glück habe ich nicht viel mit ihr zu tun. Ich sitze taktisch klug mit Kira, Luca und Noah in der letzten Reihe, die Bratze Lisa hockt zwischen ihren beiden Zickenfreundinnen ganz vorn.

In den Pausen machen wir einen möglichst großen Bogen um die drei. Meistens hängen die aber sowieso im Mädchenklo vor dem Spiegel rum, um sich mit Glitterlipgloss zu verunstalten und die Luft mit irgendwelchen stinkenden Parfüms zu verpesten. Danach sitzen sie wie die Hühner auf der Stange in der Nähe des Schulkiosks auf einer Bank. Von dort aus himmeln sie die älteren Jungs an. Total dämlich!

Dass die drei heute auch hier im Schwimmbad rumhängen, war ja irgendwie klar.

Sie liegen in knappen Bikinis nebeneinander auf ihren Handtüchern und lassen sich die dünnen Bäuche braun brutzeln. Im Wasser waren sie ganz sicher noch nicht. Warum auch? Das könnte den Grillhühnchen ja womöglich noch die Frisur versauen.

Und dabei haben wir das absolute Hammerwetter! Wir lassen unsere Beine im Wasser baumeln und genießen die letzte Woche der Sommerferien. Herrlich!

»Achtung, Arschbombe!«, ruft Luca und wir schauen nach oben. Platsch! Wie ein nasser Sack lässt er sich vom Dreier ins Wasser fallen.

»Sieben!«, brüllt Kira.

»Was? Nur eine Sieben? Ich hab aber alle nass gemacht!« Luca schwimmt auf uns zu, wuchtet sich am Beckenrand hoch und quetscht sich zwischen uns.

»Pass doch auf!« Beinahe hätte er mich ins Wasser abgedrängt.

»Sorry, war keine Absicht«, nuschelt er und ich rutsche ein Stückchen weg.

»Dreifacher Mikadosprung!«, kündigt nun Noah oben auf dem Brett an. Er nimmt Anlauf, springt ab, dreht sich einmal um sich selbst und …

»Autsch!«, entfährt es mir. Noahs Rücken ist mit voller Wucht aufs Wasser geknallt.

»Hat gar nicht wehgetan«, behauptet er, als er sich kurz darauf zu uns setzt.

»Alter, du bist hinten aber feuerrot.« Fachmännisch begutachtet Luca Noahs Rücken. »Na ja, ich würde mal behaupten, das war mindestens 'ne Acht.«

»Oder 'ne Neun«, schlagen Kira und ich wie aus einem Mund vor. Dann fangen wir beide an zu lachen und können gar nicht mehr aufhören. Es passiert ganz häufig, dass wir genau im selben Moment das Gleiche sagen.

»Guckt mal, da kommen die Glitterellas«, unterbricht Noah unser Gekicher und zeigt zur anderen Seite des Schwimmbeckens.

»Jap, Lisa und Co, die haben wir eben schon gesehen. Bah, die üben Schaulaufen am Pool. Als ob sie ausgerechnet hier als Topmodels entdeckt werden würden! Was meint ihr, Jungs? Eine kleine Abkühlung würde denen doch bestimmt guttun.«

Luca und Noah machen sich sofort auf den Weg zum Sprungturm.

»Böses Mädchen!«, sagt Kira und grinst.

Kira ist seit der ersten Klasse meine allerbeste Freundin. Wir kommen jetzt in die siebte und wir haben uns noch nie gestritten. Sie ist in Mathe ein Ass, hat lange schwarze Haare und blaue Augen. Obwohl sie total hübsch ist, ist sie kein bisschen zickig oder eingebildet deswegen. Ehrlich, ich glaube, es gibt keinen einzigen Jungen in der Schule, der nicht in Kira verknallt ist. Außer natürlich Luca und Noah. Die haben momentan nur Fußball im Kopf.

Die beiden Jungs gehen übrigens nicht nur in unsere Klasse, sie wohnen auch bei mir in der Straße. Mit Luca war ich schon zusammen im Kindergarten. Noah ist erst

vor zwei Jahren nur ein paar Häuser von uns entfernt eingezogen. Er ist eher der ruhige Typ. Unheimlich clever, aber trotzdem absolut kein Streber. In Informatik und Physik hatte er glatte Einsen, ohne großartig dafür büffeln zu müssen, davon kann ich nur träumen!

Und ich?

Mein Name ist Paulina, Paulina Pempelfurt. Ich wohne in Bottrop, gleich in der Nähe des Schwimmbads. Ich habe rote lockige Haare, die aus irgendeinem Grund in alle Richtungen wachsen, nur nicht nach unten. Meine Augen sind grün. Alles in allem bin ich ganz passabel. In mich ist aber niemand verknallt. Und das ist auch gut so. Auf das dämliche Angebaggere von irgendwelchen liebeskranken Kerlen habe ich nämlich überhaupt keine Lust.

»Iiiiiiiiii, spinnt ihr?«

Die Doppelarschbombe der Jungs hat gesessen. Die Glitterellas springen quiekend auseinander.

»Treffer!«, kommentiert Kira das Gekreische neben mir trocken und wir fangen schon wieder an zu lachen.

Luca und Noah schwimmen auf uns zu.

»Idioten«, mault Lisa, aber das hören die beiden nicht mehr, denn genau in dem Moment tauchen sie unter Wasser, um kurz darauf prustend vor uns wieder hochzukommen.

»Und jetzt habe ich Hunger«, verkündet Luca. »Ich hab was dabei. Kommt ihr mit?«

Lucas Mutter ist eine waschechte Italienerin aus Sizilien. Ihre größte Leidenschaft ist Kochen und Backen. Deswegen ist Luca immer bestens mit Proviant ausgestattet. Allerdings futtert er manchmal echt komisches Zeug.

»Sollen wir nicht lieber 'ne Fuhre Pommes holen?«, schlage ich vor. »Ich hab auch Hunger.«

»Können wir. Aber erst muss ich mein Ciabatta essen. Da ist Mozzarella drauf. Der wird total schnell schlecht bei dem Wetter.«

Lucas Vater ist Deutscher. Luca ist also genau genommen nur ein halber Italiener, futtert aber wie ein ganzer. Er hat deswegen eindeutig ein paar Kilo zu viel auf den Rippen. Aber irgendwie passt es zu ihm.

»Sieht gut aus, oder?« Wir schauen Luca über die Schulter, als er die beiden Brothälften auseinanderklappt und uns das Innenleben seines Sandwichs zeigt. Zwischen den weißen Käsescheiben stecken rote Tomatenscheiben, obendrauf liegt massenhaft von dem grünen Salatzeug, mit dem man mich jagen kann: Rucola.

»Bah«, sage ich.

In dem Moment kommt Herr Schneider, der Bademeister, auf uns zu.

»Paulina, ich hab dich schon überall gesucht. Wollen wir? Ich hab im Sportbecken eine Fünfzig-Meter-Bahn für dich abgetrennt.«

»Äh, hm, jetzt? Ich sollte doch morgen erst ...« Ganz plötzlich habe ich verdammt schwere Beine. Darauf war ich nicht vorbereitet, zumindest nicht heute.

»Bring Luca mit«, unterbricht Herr Schneider mich und lächelt mir aufmunternd zu. »Ich habe gerade ein bisschen Zeit, wir können also jetzt gleich die Prüfung abnehmen. Es dauert auch nicht lang.«

»Luca?« Ich schiele zu meinem gewichtigen Freund, der gerade in sein riesengroßes Tomate-Mozzarella-Rucola-Brot beißt, und schnappe nach Luft. »Kann ich nicht lieber Kira nehmen?«

Echt, ich mag Luca, aber er ist mindestens doppelt so breit und somit doppelt so schwer wie Kira. Und jetzt muss ich ausgerechnet ihn abschleppen, damit ich das Jugendschwimmabzeichen in Gold bekomme? Außerdem darf man mit vollem Magen doch sowieso nicht schwimmen.

»Das machst du schon. Du sollst ja wirklich jemanden retten können, wenn es mal ernst wird. Was ist, wollen wir?«

»Also, ich bin bereit.« Luca macht noch einen letzten Bissen und packt seine Mahlzeit zurück in die Tasche.

Ich werfe einen zweifelnden Blick auf meinen Freund, den ich eigentlich echt gut leiden kann, dann seufze ich ergeben.

»Okay, gehen wir!«

»Mach dir keine Sorgen, wir schaffen das schon«, versucht Luca mir Mut zu machen und hängt sich von hinten an meine Schultern. Ich hole tief Luft und schwimme los. Luca ist schwer wie ein nasses Kopfkissen. Der

Idiot lässt seine Beine einfach so nach unten ins Wasser sinken. Ich habe noch nicht einmal die Hälfte geschafft, da merke ich, dass mir die Puste ausgeht.

Ich versuche, die Entfernung zum Ziel abzuschätzen, und überlege, wie viele Meter ich noch durchhalten muss, da sehe ich Kira und Noah schräg vor mir mit wilden Gesten am Beckenrand stehen. Und dann höre ich sie auch schon: »Pau-li-na, Pau-li-na, Pau-li-na!«

»Du schaffst das!«, brüllt Noah zwischendurch.

Augen zu und ab durch die Mitte. Die beiden haben recht. Ich pack das! Was, wenn Luca wirklich mal absäuft und ich ihn in echt retten muss?

»Pau-li-na, Pau-li-na ...«

Geschafft! Mit letzter Kraft komme ich am anderen Beckenende an.

Als ich wieder festen Boden unter den Füßen habe, merke ich, dass mir die Knie wackeln. Aber das geht ratzfatz vorbei und die Freude nimmt überhand.

»Hier, das hast du dir wirklich verdient, Paulina!« Herr Schneider drückt mir Ausweis und goldenes Abzeichen in die Hand. Noah greift nach dem Stück Stoff und glotzt es neidisch an. »Cool! Das kannst du dir auf deine Bikinihose nähen.«

Ich bin tatsächlich ein bisschen stolz. Na ja, ehrlich gesagt, *megastolz!*

»Das muss gefeiert werden!«, verkünde ich. »Und? Wer hat jetzt Lust auf Pommes?«

»Na, wir!«, rufen meine Freunde und wir rennen los.
Die Schlange vor dem Büdchen ist bestimmt zwanzig Meter lang, aber wir lassen uns nicht aufhalten und düsen einfach dran vorbei bis zum Nebeneingang.
Meine Oma schmeißt hier im Schwimmbad nämlich den Laden. Wenn es richtig heiß ist, so wie heute, dann helfe ich ihr manchmal beim Eisverkauf. Dafür bekomme ich den ganzen Sommer freien Eintritt ins Bad und eine kostenlose Pommes-Flatrate – das gilt für meine besten Freunde natürlich auch.
»Ich hab bestanden, Oma, guck mal!« Stolz halte ich Abzeichen und Ausweis hoch. Meine Oma wühlt gerade in der Eistruhe herum, wahrscheinlich wieder auf der Suche nach irgendeiner Sorte, die längst ausverkauft ist. Sie hebt den Kopf und lächelt mich an.
»Paulina, das ist ja toll! Ich habe aber ehrlich gesagt auch nichts anderes erwartet. Du tummelst dich ja momentan mehr im Wasser als auf dem Land.«
»Was suchst du denn, Oma?«
»Ach, das Cola-Kratzeis.«
Meine Oma hat Stress. Hier tobt heute aber auch wirklich der Bär. »Soll ich dir helfen?«
»Nein, lass mal gut sein, mein Schatz. Du hast heute schon genug geleistet.«
Ich überlege einen kurzen Moment, ob ich nicht doch mit anpacken soll, da höre ich im Nebenraum ein Klappern. Oma hat also schon Hilfe.
»Na gut. Dann mach ich für mich und meine Freunde

eine Fuhre Pommes, okay? Kira, Luca und Noah warten draußen.«

»Ja, mach das.«

Gut gelaunt stoße ich die Tür zur kleinen Küche auf.

»Hallo, Wischmopp!«

Mist! Mit der habe ich nicht gerechnet. Normalerweise schläft Katta in den Sommerferien immer bis mittags. Meine doofe Schwester steht vor der Fritteuse und grinst mich blöd an. Ich schiebe sie zur Seite und schmeiße vier Schaufeln Pommes in den Frittierkorb. Ausweis und Abzeichen lege ich vorher in sicherer Entfernung auf den Tisch, damit sie keine Fettspritzer abbekommen.

Meine Schwester Katta

»Boah, versorgst du schon wieder deine verfressenen Freunde? Oma ist bald pleite, wenn du so weitermachst!« Katta wird bald fünfzehn und führt sich deswegen immer auf wie die Oberchefin. Das nervt!

»Hat der riesige Pickel auf der Stirn etwa deinem Gehirn geschadet?«, erwidere ich und gehe schnell in Deckung, weil ich damit rechne, dass sie irgendwas nach mir schmeißen wird. Die kleinen gelben Dinger, die momentan haufenweise auf ihrer Haut sprießen, sind nämlich ihr absolut wunder Punkt. Aber Katta bleibt erstaunlich ruhig, viel zu ruhig, genau genommen.

Argwöhnisch warte ich darauf, dass doch noch etwas durch die Luft fliegt, aber meine Schwester führt anderes im Schilde.

»Was ist das?«, will sie wissen und greift mit ihren fettigen Pommesfingern nach meinem Ausweis. »Zeig doch mal.«

»Geht dich nix an«, fahre ich sie an, aber es ist leider schon zu spät.

»*Jugendschwimmabzeichen in Gold* ... Ich wusste ja gar nicht, dass du schwimmen kannst!«, lästert Katta.

»Und ich wusste nicht, dass du lesen kannst! Hätte ich echt nicht von dir erwartet.«

»Jetzt hast du noch eine große Klappe, Wischmopp, aber bestimmt nicht mehr lange. Wart mal, bis du heute nach Hause kommst. Ma hat nämlich eine ganz tolle Neuigkeit für dich.« Katta wedelt mir mit dem Ausweis vor der Nase herum. »Den kannst du in Zukunft sicher gut gebrauchen.«

»Was denn für eine Neuigkeit? Sag schon!« Schnell schnappe ich mir den Ausweis.

»Lass dich überraschen. Ich hab Ma versprochen, dir nichts zu verraten. Sie will es dir selber sagen.«

»Na dann ...«

Wahrscheinlich spinnt Katta wieder nur rum und will sich wichtig machen. Wenn es wirklich irgendwas von Bedeutung wäre, könnte Katta nie im Leben dichthalten, auch wenn sie es versprochen hat. Ich beschließe also, meine blöde Schwester zu ignorieren, und kümmere mich um die Pommes.

Kurz darauf stehe ich, beladen mit einem großen Tablett leckerer Fritten, wieder in der Sonne bei meinen Freunden.

»Hier, Leute, viermal Pommes spezial!«

Das überlebe ich nicht!

»Mutsch, bist du da?«, rufe ich in den Flur hinein und werfe meine Schwimmtasche vor die Badezimmertür. »Mutsch?«

»In der Küche!«

Meine Mutter presst gerade Zitronen für selbstgemachte Limonade aus. Sie wischt sich die Hände ab und strahlt mich an.

»Ich hab was für dich.«

Noch bevor ich ihr von meiner bestandenen Prüfung erzählen kann, drückt sie mir einen Briefumschlag in die Hand.

»Hier.«

»Von wem ist der?« Ob ich vielleicht den Schreibwettbewerb gewonnen habe, bei dem ich letzten Monat mitgemacht habe?

»Schau doch mal auf den Absender!«

Neugierig drehe ich den Umschlag um.

Internat Bernstein

»Was wollen die denn noch? Die haben doch schon längst abgesagt.« Ein mulmiges Gefühl steigt in mir hoch. Meine Mutter lächelt weiter vor sich hin. Katta und ihr blöder Spruch von vorhin fallen mir wieder ein. Ich ziehe den Brief raus. Und dann lese ich:

Sehr geehrte Frau Pempelfurt,
wir freuen uns, Ihnen mitteilen zu dürfen, dass Ihrer Tochter Paulina im Nachrückverfahren ein Stipendium für unser Internat Bernstein zugesprochen wurde. Aufgrund der hohen Anmeldungen wird die Jahrgangsstufe 7 in diesem Jahr erstmalig zweizügig angeboten.
Der Unterricht beginnt am ...

»Ich geh da nicht hin!« Fassungslos starre ich auf das weiße Blatt Papier und die Buchstaben verschwimmen vor meinen Augen.

»Aber, Paulina, warum denn nicht? Ich habe gedacht ... Freust du dich gar nicht?«

Freuen??? So wie ich das verstehe, soll ich demnächst auf dieses versnobte Internat gehen, von dem alle so angetan sind! Mit *alle* meine ich meine Mutter und meinen Vater. Und natürlich meine Klassenlehrerin, Frau Blumenthal. Die war da früher nämlich selbst mal Schülerin. Ständig erzählt sie uns Geschichten darüber, wie toll es da zuging und was sie dort so alles erlebt hat. Als sie erfahren hat, dass man in diesem Jahr Schüler für ein Stipendium vorschlagen kann, hat sie ausgerechnet an mich gedacht. Aus irgendeinem Grund hat sie einen Narren an mir gefressen. Meine Eltern waren von der Idee natürlich gleich begeistert.

Und ich?

Ich hätte nie, nie gedacht, dass die mich da haben wollen! Meine Noten sind nämlich nicht gerade berauschend. Eine Drei in Englisch und in Mathe bin ich dieses Jahr auch nur ganz knapp an einer Vier vorbeigerutscht. Normalerweise braucht man für ein Stipendium absolute Traumnoten. Deswegen haben wir auch eine Absage bekommen – und die Sache war für mich erledigt. Und jetzt das!

»Ich geh da nicht hin!«, wiederhole ich noch mal und gebe den Brief meiner Mutter zurück. »Da ist bestimmt was schiefgelaufen. Mein Notendurchschnitt ist doch viel zu schlecht. Außerdem hängen da bestimmt nur reiche Schnösel rum. Was soll ich denn da?«

»Die Noten sind nur ein Teil der Auswahlkriterien. Du hast mit deinem Einsatz für die Vorleserunde im Seniorenheim alle beeindruckt. Und da eine zweite siebte Klasse eingerichtet wird, vergeben sie eben noch einen Platz. Paulina, das ist eine wahnsinnig große Chance für dich. Für dein Leben – und für deine Zukunft!«

»Mein Leben ist aber hier. Meine Freunde sind hier, Oma, Opa – und ihr!«

»Ach, Paulina, du findest bestimmt ganz schnell neue

Freunde. Wart mal ab, das wird sicher schön. Frau Blumenthal hat sich doch so für dich eingesetzt, damit du den Platz dort bekommst. Sie kann dich wirklich gut leiden. Und sie hält große Stücke auf dich.«

»Aber warum denn ausgerechnet ich? Ich versteh das nicht, ehrlich.«

»Weil du ihr sehr ähnlich bist. Frau Blumenthal hat mir erzählt, dass sie früher auch schon so viel gelesen hat wie du. Ihr seid beide ausgesprochene Leseratten.«

Was? Ich soll meiner Lehrerin ähnlich sein? Und zur Belohnung muss ich jetzt ins Internat? Das wird ja immer schlimmer!

»IHR habt mich dafür vorgeschlagen. Ich wollte doch gar nicht. Außerdem will ich keine neuen Freunde. Mir reichen meine, die ich hier habe. Im Internat sind bestimmt alle total eingebildet.«

»Ach Quatsch, so elitär ist es dort auch wieder nicht.«

»Elitär?«

»Na, überheblich, arrogant ... Im Internat gibt es ganz sicher viele nette Schüler. Frau Blumenthal war da schließlich auch mal. Und die findest du doch wirklich in Ordnung, oder?«

»Ja, schon, aber ...«

»Warum hast du denn nicht gleich gesagt, dass du gar nicht möchtest?«

»Weil ich dachte, dass es sowieso nicht klappt. Und weil, ach, ich weiß auch nicht ...« Plötzlich merke ich, wie das mulmige Gefühl aus dem Bauch nach oben kriecht, bis in meinen Hals. Ich kann nicht mehr sprechen. Und obwohl ich es gar nicht will, laufen mir Tränen über das Gesicht.

Aus Wut auf die blöde Blumenthal. Und auf mich selbst!

»Ach, Paulina«, seufzt meine Mutter und geht auf mich zu. Aber ich drehe mich einfach um, renne aus der Küche, die Treppe rauf, in mein Zimmer. Dass die Tür laut hinter mir zuknallt, will ich eigentlich nicht. Es passiert einfach so. Ich werfe mich auf mein Bett und schluchze mir die Seele aus dem Leib.

Es dauert nicht lange, da sitzt meine Mutter neben mir. »Ich kann dich nicht zwingen, Muckelchen. Und das möchte ich auch gar nicht. Ich habe wirklich gedacht, dass du dich freust. Bernstein ist ein sehr gutes Internat, in dem du viele Möglichkeiten hättest. Es gibt sogar ein Schreiblabor da – unterstützt von einer echten Autorin. Du willst doch mal Schriftstellerin werden! In dieser Schule wird sehr viel Wert auf die Entfaltung der individuellen Persönlichkeit gelegt.«

Das blöde »Muckelchen« kann meine Mutter sich sparen. So hat sie mich früher immer genannt, wenn ich trotzig war. Aber ich bin keine drei mehr, und ich mucke auch nicht grundlos rum, weil ich kein Eis bekomme oder so. Ich soll abgeschoben werden. So sieht das für mich aus!

»In der Schule haben wir auch eine Schreib-AG!« Okay, das stimmt zwar, aber genau genommen kann man die beiden Stunden echt in die Tonne kloppen. Die Brinkmann ist so was von grottenlangweilig! Wir haben die letzten sechs Wochen vor den Sommerferien jedes Mal voll kindisch über irgendwelche Elfen und Feen geschrieben.

»Überlege es dir noch mal, Schatz. Das Internat Bernstein liegt auf einer Flussinsel im Rhein, total romantisch. Ich bin mir ganz sicher, dass es dir dort gefallen wird. Wie gesagt, ich zwinge dich nicht. Aber ich fände es schön, wenn du es dir wenigstens für ein paar Wochen anschauen würdest. Was hältst du davon?«

Für ein paar Wochen? Auf einer Insel? Hilfe! Das überlebe ich nicht, niemals! Eher raufe ich mich hier noch mit Katta zusammen. Notfalls würde ich sogar mit ihr in ein Zimmer ziehen. Obwohl ich das genau genommen wahrscheinlich auch nicht überleben würde. Deshalb schiebe ich den Gedanken auch ganz schnell wieder weit weg.

»Paulina?«

»Hm?«, schniefe ich.

»Solch eine Chance bekommst du so schnell nicht wieder. Du hattest enorm Glück, dass du noch nachgerückt bist. Versprich mir, dass du es dir, na sagen wir mal ... vier Wochen lang anschaust, ja?«

»Vier Wochen? Und was passiert so lange mit meinen Täubchen?«

Opa hat mir und Kira jeweils drei Brieftauben geschenkt. Wir haben ganz hart mit ihnen gearbeitet, damit wir uns gegenseitig Nachrichten schicken können.

»Die sind bei Opa im Garten gut aufgehoben, das weißt du doch. Und außerdem kann Kira sich ja um sie kümmern.«

»Hm...«

»Ach komm, Paulina, gib dir einen Ruck.«

»Na gut. Aber wenn es mir da auf der Insel gar nicht gefällt, darf ich wieder nach Hause, versprochen?« Wenn ich mich jetzt stur stelle, zieht meine Mutter niemals ab.

»Versprochen, Muckelchen.« Mutsch streichelt über mein Haar.

»Wenn du mich noch einmal Muckelchen nennst, sag ich für den Rest meines Lebens nur noch Mutti zu dir.« Meine Mutter findet, es klingt irgendwie alt, wenn ich sie Mutti nenne, also haben wir uns auf Mutsch geeinigt. Ich versuche ein Lächeln hinzukriegen, bin mir aber sicher, dass es eher wie ein schiefes Grinsen aussieht.

»Abgemacht!«, sagt Mutsch. Dann lässt sie mich endlich allein.

Wir haben drei vor acht. Kiras Mutter ist sehr streng, wenn es ums Telefonieren geht. Seitdem wir eine Flat füreinander haben, rufen wir uns ständig gegenseitig an oder schicken uns Nachrichten. Deswegen muss meine beste Freundin spätestens um acht ihr Handy ausschalten, weil wir sonst angeblich die ganze Nacht durchquatschen würden.

In Windeseile tippe ich eine SMS:
Notfall! Kannst du noch tel?
Es dauert keine zehn Sekunden, da klingelte auch schon mein Handy.

»Was ist los?«, flüstert meine Freundin. »Du hast Glück gehabt, ich wollte gerade ausschalten.«

»Hör mir bloß auf mit Glück! Meine Mutter hat mich mit der tollen Nachricht überrascht, dass ich doch einen Platz im Internat bekommen habe. Und dann hat sie auch noch gedacht, ich würde mich darüber freuen.«

»Was? Die Sache war doch schon längst vom Tisch! Du veräppelst mich, oder?«

»Nein, damit würde ich nie spaßen. Die Lage ist ernst, Kira, todernst sozusagen. Ich geh kaputt in dem blöden Laden, ganz sicher.«

»Mist, verdammter!«

»Das kannst du wohl laut sagen.«

»Und jetzt?«

»Ich will da nicht hin! Das Problem ist nur, dass ich meiner Mutter versprochen habe, es mir wenigstens mal anzuschauen.«

»Dann komm ich mit!«

»Das wär cool. Aber deine Eltern erlauben doch nie, dass du hier die Schule verpasst.«

»Stimmt. Dann guck es dir an und komm einfach am nächsten Tag wieder zurück.«

»Das geht nicht. Ich hab meiner Mutter vier Wochen versprechen müssen.«

»Was? So lang? Das halt ich aber nie im Leben aus ohne dich!«

»Frag mich mal! Du hast wenigstens noch Luca und Noah. Und wen hab ich? Ich bin dann ganz allein. Die sind bestimmt alle total eingebildet da. *Das Internat Bernstein befindet sich auf der Flussinsel Rosenwerth,* wie sich das schon anhört, voll wichtigtuerisch! Aber wenn ich mich jetzt doch weigere, hält meine Mutter mir das bestimmt ständig vor. Was mach ich denn jetzt?«

»Hm ... Was wäre denn, wenn du hinfährst, es dir aber

dort sehr schnell ganz doll schlecht gehen würde? So mit Heimweh, Bauchschmerzen, nix mehr essen können und allem Drum und Dran? Dann dürftest du bestimmt gleich wieder zurück – und du hättest es immerhin versucht. Dann wäre dir bestimmt keiner böse.«
»Meinst du?«
»Ja, aber lass uns morgen weiterquatschen. Meine Mutter ist im Anmarsch...«
An Kiras Idee ist was dran. Meine Eltern sind bestimmt nicht sauer, wenn ich ganz schnell wieder nach Hause komme, weil ich mich dort überhaupt nicht wohlfühle und deswegen womöglich richtig krank werde. Immerhin habe ich es mir dann wenigstens mal angesehen. Und außerdem ist das mit dem Krankwerden wahrscheinlich noch nicht mal gelogen. Mir wird nämlich jetzt schon ganz komisch bei dem Gedanken, dass die mich tatsächlich in ein Internat abschieben wollen. Und dann befindet sich das blöde Ding auch noch auf einer Insel in einem Fluss! Das heißt, dass ich wahrscheinlich gar nicht ausbüxen kann, wenn das mit Kiras Idee nicht hinhaut. Vier Wochen überlebe ich das auf keinen Fall, so viel steht schon mal fest!

Bei dem Gedanken kommen mir fast wieder die Tränen, doch da höre ich Katta die Treppe hochpoltern. Und bestimmt stürmt sie gleich in mein Zimmer rein, natürlich ohne vorher anzuklopfen. Ich schnappe mir also schnell das Buch, das neben dem Bett auf dem Nachttisch liegt, und tue so, als würde ich lesen.

Katta reißt die Tür auf und starrt mich neugierig an. War ja klar. »Und?«

»Was, *und*? Schon mal was von Anklopfen gehört?«

»Oh, Prinzessin Wischmopp macht mal wieder einen auf sensibel.«

Katta ist drei Jahre älter als ich und heißt eigentlich Katharina. Ungefähr seit einem halben Jahr führt sie sich auf wie eine Verrückte. Sie besteht darauf, dass alle sie *Cat* nennen. Ich weigere mich standhaft. Ist doch nicht mein Problem, dass meine größenwahnsinnige Schwester beschlossen hat, Popstar zu werden. Katta hat ihre eigene Band gegründet, die »Cats and Dogs«. Sie ist natürlich die Leadsängerin. Ich kam wesentlich besser mit ihr klar, als sie noch in ihrer Hippiephase war, in der sie ihre Haare verfilzen ließ, damit sie aussehen wie Rastalocken. Kattas Haare sind von Natur aus rot, so wie meine. Aber von Locken weit und breit keine Spur. Deswegen ist sie höllisch neidisch, was sie natürlich niemals zugeben würde. Dass sie mich Wischmopp nennt, ist also genau genommen ein Kompliment. Nur ist sie zu doof, das zu verstehen.

»Ich wollte eigentlich nur nett sein und fragen, wie's dir geht«, erklärt meine Schwester. »Ich hab nämlich vermutet, dass du gar nicht ins Internat willst. Deswegen wollte ich mal nachfragen.«

»Ja, klar.« Katta und nett? Niemals! »Mir geht's blendend! Könntest du mich jetzt bitte in Ruhe lassen? Ich will lesen.«

»Jetzt sag doch mal: Gehst du wirklich ins Internat?«
Katta bleibt einfach in der Tür stehen und nervt weiter.

»Ja«, sage ich, in der Hoffnung, dass sie dann verschwindet.

»Hätte ich dir gar nicht zugetraut. Nicht schlecht, Schwesterchen.«

Ich blättere demonstrativ die Seite um und tu so, als würde ich weiterlesen, doch das hält Katta nicht davon ab, sich zu mir ans Bett zu setzen. So wie Mutsch vorhin. Was ist denn mit der los? Ob Mutsch sie gezwungen hat, jetzt besonders nett zu mir zu sein? Ansonsten Taschengeldentzug oder so?

»Sag mal, wenn du dann eh nur noch selten zu Hause bist, meinst du, wir könnten vielleicht unsere Zimmer tauschen?«

Das ist jetzt nicht wahr! Ich klappe das Buch zu und starre meine Schwester fassungslos an. Mir fehlen echt die Worte, im Gegensatz zu Katta. Die redet ganz unbekümmert weiter.

»Mein Zimmer ist doch direkt über dem Schlafzimmer. Ma und Dad beschweren sich immer, wenn ich abends noch rumlaufe. Wegen der blöden Holzdielen kriegen die jeden Schritt mit. Und du bist ja dann nur noch am Wochenende hier.«

Das reicht! »Nimm doch einfach beide Zimmer!«, schlage ich vor. »Dann hast du viel mehr Platz. Ich kann ja im Gästezimmer schlafen, wenn ich mal hier bin.«

»Echt?«

»Nein!« Wütend schnappe ich mir ein Kissen und schmeiße es an ihren dämlichen Kopf. Dann springe ich aus dem Bett und baue mich vor Katta auf. Wie kackendreist ist die denn? Die glaubt doch nicht ernsthaft, ich würde ihr kampflos mein Zimmer überlassen!

»Das ist mein Zimmer. Und das wird es auch bleiben!«, schreie ich. »Und jetzt raus hier!«

»Boah!« Katta steht auf, geht im Zeitlupentempo zur Tür und zieht sie mit einem Rums hinter sich zu.

Ich reiße die Tür noch einmal auf. »Und komm bloß nicht auf die Idee, dich irgendwie hier einzunisten, während ich weg bin.«

»Ist ja schon gut. War doch nur 'ne Frage.« Katta zuckt mit den Schultern, dann verkrümelt sie sich in ihr Zimmer, das auf der anderen Seite des Flurs liegt.

Noch ein Grund mehr, möglichst schnell wieder zurückzukommen!

Ich lasse den Blick durch mein Zimmer schweifen. Wir haben erst letztes Jahr alles hier verändert. Die rosafarbene Prinzessin-Lillifee-Tapete ist einer schlichten hellgelben gewichen. Über dem Bett habe ich in bunten Bilderrahmen ganz verrückte Fotos von Kira und mir aufgehängt. Auf der anderen Seite prangt ein riesiges Poster von Bilbo aus *Der Hobbit*, mein absoluter Lieblingsfilm – und mein allerabsolutes Lieblingsbuch!

Super, jetzt geht es mir wie dem Hobbit, ich muss auch eine unerwartete Reise antreten. Nur dass es auf der Insel Rosenwerth keine Elben, Zwerge und Orks geben wird, aber dafür ganz sicher Streber, Spießer und Schnösel. Da will ich nicht hin. Ich will hierbleiben!

Ich atme einmal durch, dann hole ich mir *Der Hobbit* aus meinem proppevollen Bücherregal. Ich liebe Bücher. Beim Lesen kann ich in fremde Welten eintauchen, ohne mich einen Zentimeter bewegen zu müssen. Ich mache es mir also auf dem Bett gemütlich und fange an zu lesen. Aber irgendwie kann ich mich nicht richtig konzentrieren. Ständig schweifen meine Gedanken ab. Ob das klappt mit Kiras Plan?

Was, wenn nicht?

Jetzt bloß nicht wieder heulen, denke ich, da höre ich plötzlich ein leises Klacken, das von der Fensterscheibe herkommt, so als würde jemand zaghaft anklopfen. Das ist doch nicht etwa …

»Lady Gaga!« Kira hat meine Brieftaube zu mir geschickt. Und sie ist wirklich hier bei mir angekommen, zum ersten Mal! Schnell öffne ich das Fenster. Lady Gaga lässt sich ohne Probleme von mir hochnehmen.

»Das hast du wirklich toll gemacht«, lobe ich sie, trage sie vorsichtig in mein Zimmer und setze mich mit ihr aufs Bett. Lady Gaga ist meine absolute Lieblingstaube. Sie sieht voll schräg aus. Körper und Flügel sind schneeweiß, ihr Kopf ist dunkelgrau. Über beiden Augen kann man einen helleren breiten Strich erkennen, so als hätte sie sich geschminkt.

Ich glaube ehrlich gesagt, dass Lady Gaga ein kleines bisschen verrückt ist. Aber genau das mag ich an ihr. Wenn ich die Musik laut aufdrehe, wackelt sie ganz doll mit ihrem Kopf hin und her. Und fängt an, komisch zu gurren. Es klingt kratzig, so als wäre sie ständig erkältet.

»Zeig mal, was du da für mich hast.« Behutsam entferne ich das kleine Röhrchen, das Kira an Lady Gagas Bein befestigt hat. Darin steckt ein winziger Brief. Ich rolle ihn auf, lese – und fang schon wieder an zu weinen.

Nur drei Tage, denke ich

»Mutsch, kommst du endlich?« Es ist also tatsächlich wahr geworden – wir sind auf dem Weg nach Rosenwerth und ich stehe neben meinem gepackten Koffer. Oma werkelt bei dem super Wetter im Schwimmbad herum, Opa ist mit seinem Mofa zu einer wichtigen Taubenausstellung gefahren, Katta drückt wieder die Schulbank – und mein Vater, der Musiker ist, befindet sich irgendwo auf Konzertreise in Deutschland. Also darf meine Mutter mich allein auf der Insel abliefern.

Sie sitzt noch immer im Auto und kramt hektisch in ihrer Riesentasche herum. Wenn ich noch länger hier auf dem Parkplatz rumstehe, wird alles nur schlimmer. Dann fange ich wieder an zu heulen und bettele so lange, bis sie mich sofort wieder mit nach Hause nimmt.

»Ich hab's gleich, Schatz. Ich suche nur noch eben die Einladung.«

Manchmal ist meine Mutter etwas verwirrt. Sie vergisst einfach, wo sie bestimmte Dinge hingelegt hat. Dann sucht sie zum Beispiel stundenlang nach dem Schlüssel oder nach ihrem Handy. Seitdem sie eine Brille tragen muss, sucht sie auch die. Eigentlich ist es also völlig normal, dass sie den blöden Internatsbrief nicht findet. Es könnte allerdings auch ein Zeichen sein. Und zwar dafür, dass wir einfach sofort wieder nach Hause zurückfahren sollten. Aber das sage ich lieber nicht.

»Hab sie!«, ruft Mutsch und steigt aus. »War im Handschuhfach.« Sie kommt zu mir und legt mir ihren Arm um die Schultern. »Da vorn legt die Fähre ab, schau mal. Sie fährt morgens zwischen sieben und acht im Zehn-Minuten-Takt, um die Schüler von außerhalb überzusetzen. Danach pendelt sie stündlich ... Sieht doch ganz nett aus, was meinst du, Paulina?«

»Hm.« In den letzten Sommerferien waren wir alle zusammen in England. Dafür sind wir mit einer Fähre über das Meer geschippert. Und zwar mit so einem Riesenteil, auf das auch Autos passen. Das Ding hier sieht eher aus wie ein altersschwaches Boot mit ein paar überdachten Bänken.

»Hoffentlich müssen wir jetzt nicht selbst rudern«, maule ich.

»Ach, komm«, sagt Mutsch und greift nach meiner Hand, aber ich schüttele sie schnell wieder ab.

»Mein Koffer«, erkläre ich und mühe mich mit beiden Händen ab. »Er ist echt schwer.« Okay, das stimmt so nicht ganz. Das Ding hat Räder und ich kann es hinter mit herziehen, aber zu viel Nähe kann ich momentan einfach nicht ertragen. Außerdem bin ich immer noch sauer, dass meine Mutter mich tatsächlich in dieses blöde Internat abschieben will. Und das soll sie ruhig spüren.

»Soll ich dir nicht doch helfen, Muckelchen?«

Boah!!! Sie hat es tatsächlich wieder gesagt.

»Nein! Ich schaff das schon ... Mutti!«, kontere ich, aber das scheint sie gar nicht mitzubekommen. Sie ist tatsächlich aufgeregter als ich.

»Gleich sind wir da!«, sagt sie freudig.

Es sind nur ein paar Meter vom Parkplatz bis zur Anlegestelle und so dauert es nicht lange, da stehen wir am Boot.

Skeptisch begutachte ich den alten Kahn, auf den jemand mit roten Buchstaben *Rosenwerth* gepinselt hat.

»Fünf vor elf«, stellt meine Mutter fest. »Passt genau! Um zwölf fängt die Veranstaltung an. Dann können wir uns vorher noch ein wenig auf der Insel umschauen.«

Und dann ruft sie: »Hallo, ist da jemand?«

Das Boot ist menschenleer, kein Fährmann und auch keine Passagiere sind an Bord zu sehen.

»Das ist ja merkwürdig«, sagt meine Mutter und nestelt ungeschickt an dem schwarzen Absperrseil herum, das den Einstieg versperrt.

»Finger weg!« Wie aus dem Nichts steht plötzlich ein Mann hinter dem Seil. Er hat graue Haare, eisblaue Augen und ganz buschige Augenbrauen. Grimmig sieht er uns an.

»Oh, äh...«, eiert Mutsch herum. »Das ist doch die Fähre nach Rosenwerth, oder?«

Der Mann nickt, sagt aber sonst kein Wort.

Cool, denke ich. Vielleicht nimmt er uns nicht mit, so mürrisch, wie der aussieht. Dann können wir gleich wieder abdampfen und ich muss mir das blöde Internat gar nicht erst angucken. Ich überlege gerade, ob ich mich schon mal langsam freuen kann, da höre ich, wie jemand hinter uns den Weg zum Boot runtergerannt kommt.

Es ist ein Typ mit blonden Haaren, Sommersprossen und riesiger Brille.

»Bist du auch zu spät?«, fragt er, als er schnaufend vor mir stehen bleibt.

Zu spät???

»Mutsch, das ist jetzt nicht wahr, oder?«

»Also, in der Einladung steht ... Ich dachte, es beginnt um zwölf, warte, ich schau eben noch mal nach.« Meine Mutter kramt wieder nach der Einladung.

»Um elf«, kommt ihr der blonde Junge zuvor. »Um zwölf ist die Führung durchs Internat. Wir standen tierisch lang im Stau. Ich dachte schon, wir kommen nie hier an.«

Ich bin mir hundertprozentig sicher, dass der Typ recht hat. Es kommt mir nämlich die ganze Zeit schon so merkwürdig vor, dass der Parkplatz voller Autos steht, wir kaum eine Lücke gefunden haben, aber nirgends Menschen zu sehen sind. Kein Wunder! Die sind alle schon drüben auf der Insel ...

Das ist ja der Hammer! Meine Mutsch ist echt die Größte. Da macht sie voll die Welle, weil ich das bescheuerte Stipendium erhalten habe, und dann vertut sie sich mit der Uhrzeit!

»Also, ich muss da nicht unbedingt hin«, wage ich einen Versuch, aber meine Mutter geht gar nicht darauf ein.

»Dann müssen wir uns aber jetzt sputen«, stellt sie einfach nur fest.

Der blonde Junge nickt zustimmend. »Was ist, Kollege, wären Sie so nett und würden uns schnell übersetzen?«, fragt er den Fährmann. »Mein werter Vater kommt auch gerade.«

Ach du heilige Taubenscheiße, wie redet der denn? Na, das wird ja was werden. Ob die alle so verpeilt sind da drüben in diesem Internat? Skeptisch schaue ich auf die andere Seite des Flusses, dann zu dem Mann mit dem starren Blick, der uns immer noch im Weg steht.

»Kollege, soso«, sagt er und schüttelt abfällig den Kopf. Dann löst er das Absperrseil und lässt uns an Bord.

Mist! Jetzt gibt es kein Zurück mehr. Der Vater des Jungen kommt mit zwei Koffern und hochrotem Gesicht angeschnauft. Er ist kräftig gebaut und fast so breit wie lang. Wenn ich es nicht eben mit eigenen Ohren gehört hätte, würde ich denken, dass es der Bedienstete des Jungen ist und nicht sein Vater. Er nickt uns erleichtert zu, dann legt die Fähre ab.

Bis zum Inselufer sind es nur knapp 250 Meter, also fünfmal die Fünfzig-Meter-Bahn aus dem Schwimmbad. Die Strecke könnte ich zur Not auch schwimmend zurücklegen, falls ich es im Internat gar nicht aushalte, überlege ich. Katta fällt mir wieder ein und der blöde Kommentar, den sie im Büdchen wegen meines Schwimmscheins gebracht hat. »Den kannst du in Zukunft sicher gut gebrauchen«, murmele ich spöttisch vor mich hin. Meine blöde Schwester hat tatsächlich vor mir gewusst, dass ich ins Internat soll. Bestimmt hat sie sich schon Gedanken darüber gemacht, wie sie mein Zimmer einrichtet. Und heute wird sie ganz sicher die Gelegenheit nutzen, darin rumzuschnüffeln. Meine Briefe und Fotos habe ich vorsichtshalber zu Kira gebracht, da sind sie gut aufgehoben.

Kira sitzt jetzt zwischen Noah und Luca in unserem Klassenzimmer. Ob sie schon den neuen Stundenplan bekommen haben und überlegen, in welche AGs sie gehen? Hoffentlich sind noch Plätze in den guten Gruppen frei, wenn ich wieder da bin. Kira kann mir ja schlecht was reservieren.

Ich stehe oben auf dem Boot, und während ich mit gerunzelter Stirn über all das nachdenke, kommt die blöde Insel immer näher. Meine Mutter unterhält sich mit dem komischen Vater von dem Blonden, der jetzt direkt auf mich zukommt. Auch das noch!

»Ich bin übrigens Theobald«, sagt er und streckt mir seine Hand entgegen. »Theobald von Emstätten.«

Mir hat noch nie irgendjemand in meinem Alter freiwillig die Hand gegeben. Auch kein Von und Zu. Und schon gar kein Theobald, pah! Wie kann man denn nur so heißen?

Ich will fragen: »Hast du sie noch alle?«, aber ich reiße mich zusammen. Wenn der Typ es auf die wohlerzogene Tour will, bitte, soll er kriegen!

Ich ergreife brav (na ja, fast brav) Theobalds Hand und säusele: »Schön, dich kennenzulernen, Theobald, freut mich sehr. Mein Name ist Paulina, Paulina *von* Pempelfurt.« Den kleinen Zusatz konnte ich mir einfach nicht verkneifen.

Kurz darauf seufze ich genervt auf. Dieser Theobald hält meine Hand eindeutig zu lange fest.

Ich überlege gerade, ob ich ihm doch noch einen Spruch aufdrücke, aber da kommt er mir zuvor. »Pempelfurz? Cooler Name!«

Der Witz klingt nach eingeschlafenen Füßen. Den habe ich nämlich schon oft gehört. Außerdem passt es nicht zu einem Typen, der so dermaßen einen auf edel macht, solche Sprüche zu reißen. Das ist echt lächerlich. Trotzdem kann ich die Sache nicht auf mir sitzen lassen. Am besten mache ich diesem blöden Kerl direkt klar, dass man mich nicht einfach so beleidigen darf.

»Fällt dir nix Besseres ein, du elitäre Schneckenpisspocke?« Ich ziehe gekonnt meine linke Augenbraue hoch und funkele ihn böse an. Den Blick habe ich wochenlang im Spiegel geübt. Es ist mein Jetzt-bist-du-eindeutig-zu-weit-gegangen-Blick.

»Schneckenpisspocke? Hab ich ja noch nie gehört, das muss ich mir merken.« Theobald lächelt mich unerschrocken an. Damit habe ich nicht gerechnet. Ich würde mich gern noch ein bisschen weiter mit ihm fetzen und suche nach einer noch besseren Beleidigung, aber da geht ein Ruck durch die Fähre und sie bleibt stehen. Überrascht schaue ich auf. Wir sind tatsächlich schon da.

Theobald schaut auf seine Armbanduhr. »Wir haben fünf nach elf. Die Veranstaltung hat gerade erst angefangen. Komm, ich weiß, wo wir hinmüssen. Ich war schon mal hier.« Und schon zieht er mich mit.

Ich kann gar nicht anders, ich muss wohl oder übel hinter ihm her.

»Beeil dich, Mutsch!«, rufe ich über die Schulter meiner Mutter zu.

»Lauft schon mal vor!«, sagt sie und Theobalds Vater nickt zustimmend. »Wir kommen mit dem Gepäck nach.«

In Krisensituationen funktioniere ich prima. Und das hier scheint absolut eine zu sein. »Wo geht's lang?«, frage ich knapp, bekomme aber keine Antwort. Ich renne hinter Theobald her, einen kleinen Weg entlang, der direkt zum Internat hinaufführt.

Vor einem großen schwarzen Eisentor bleiben wir schnaufend stehen.

Internat Bernstein steht auf einem großen Schild, das von einer goldenen Rose umrankt wird.

Was mache ich hier eigentlich? Warum renne ich wie eine Bekloppte hinter diesem merkwürdigen Kauz mit der Riesenbrille her? Vier Wochen habe ich meiner Mutter versprochen – höchstens! Mit Kira, Luca und Noah habe ich drei Tage ausgemacht. Dann habe ich meinen guten Willen gezeigt und meine Heimfahrt von Anfang an geplant.

»Komm weiter!« Theobald von und zu irgendwas drückt das Tor auf und ich atme tief durch. Nur drei Tage, denke ich und betrete den Schlosspark. Unsere Schritte knirschen auf den kleinen weißen Kieselsteinen, die hell in der Sonne glitzern und den Weg bis zum Schloss hinauf markieren. Ich habe das Internat bisher nur im Internet auf einem Foto gesehen und es auch gleich wieder weggeklickt, weil es mich nicht wirklich interessiert hat. Aber ich gebe zu, dass es schon irgendwie nett aussieht, fast wie ein Märchenschloss, ganz in Weiß gestrichen, mit rosafarbenen Kletterrosen. Wäre ich vier Jahre jünger, wäre ich jetzt bestimmt tief beeindruckt und mit offenem Mund davor stehen geblieben. Aber ich bin keine acht mehr und ich will hauptberuflich auch keine Prinzessin mehr werden. Ich will möglichst schnell wieder hier weg und zu meinen alten Freunden in die Klasse... Aber zunächst müssen wir erst mal zur Eröffnungsfeier kommen.

Zum Glück kennt Theobald sich hier wirklich aus. Wir gehen durch ein mächtiges Portal ins Schloss hinein, laufen einen langen Gang entlang, eine Treppe hoch und

wieder einen Gang hinunter. Vor einer großen Eichentür mit dem Schild *Aula* halten wir schnaufend an.

Theobald drückt die Tür auf. »Pempelfurzpocke, nach dir«, flüstert er und schiebt mich als Erste hinein.

»Boah, du dämlicher Vollhorst!«, rutscht es mir laut heraus und bestimmt zweihundert Augenpaare drehen sich zu uns um. Wütend starre ich Theobald an. Am liebsten würde ich ihm jetzt kräftig auf den Fuß treten, aber ich komme nicht mehr dazu.

»Wenn das mal kein Einstand ist«, begrüßt uns eine Frau, die am anderen Ende der Aula auf einer Bühne steht. Sie trägt ein graues Kleid mit weißem Kragen. Ihre grauen Haare hat sie streng zurückgekämmt. »Mit wem haben wir denn die Ehre? Vollhorst ... und?«, fragt sie und schiebt ihre Brille zurecht.

Wie peinlich ist das denn? Der ganze Saal bricht in Gelächter aus. Wenn Theobald jetzt noch mal das Ding mit dem Furz bringt, trete ich ihn wirklich! Warnend schaue ich ihn an. Aber Theobald bringt kein einziges Wort mehr heraus. Er ist ganz blass. Na super, erst einen auf Großkotz machen, aber wenn es brenzlig wird, bekommt er plötzlich Muffensausen. Das wäre Luca nie passiert! Und Noah auch nicht.

»Mein Name ist Paulina Pempelfurt«, erkläre ich kleinlaut. »Es tut mir leid, dass ich zu spät bin. Meine Mutter müsste auch jeden Moment hier sein.«

»Paulina, soso. Und wer bist du, junger Mann?«, richtet sich die Frau erneut an Theobald.

»I-i-ich b-b-bin Th-th-th-th-e-e-e-o-o.«

Das ist ja ein Ding. Vollhorst stottert!

»Das ist Theobald, Theobald von ...«, springe ich ein, doch leider habe ich seinen Nachnamen vergessen. Fragend schaue ich ihn an.

»Nur Theo, ohne *bald*«, flüstert er mir leise zu. Dann sagt er laut: »Emstätten, Theo Emstätten.« Er scheint tatsächlich seine Sprache wiedergefunden zu haben.

»Aha, unsere beiden Stipendiaten. Und beide zu spät! So ein Zufall aber auch«, sagt die Frau im grauen Kleid und seufzt.

Theobald heißt also nur Theo. Er hat das andere Stipendium. Und das Von hat er auch erfunden. Das ist ja der Hammer. Dann hat er mich vorhin auf der Fähre echt veräppelt. Und ich hab ihm das ganze Getue auch noch voll abgenommen. Respekt!

»Sie sieht aus wie ein grauer Pinguin«, flüstere ich und muss plötzlich grinsen. Und Theo auch.

Auf einmal geht alles ganz einfach. Wir laufen nebeneinander den Gang zwischen den Stuhlreihen entlang bis vor zur Bühne.

»Na dann, trotzdem willkommen im Internat Bernstein, ihr beiden. Ich bin Frau Kuhn, die Schulleiterin. Setzt euch bitte gleich hier vorn in die erste Reihe zu den anderen Neuankömmlingen.«

Das lassen wir uns nicht zweimal sagen. Schnell gehen wir zu den freien Plätzen. Dabei werden wir ganz genau von den anderen Schülern in Augenschein genommen. Einige von ihnen tuscheln oder kichern, andere schauen einfach nur neugierig oder lächeln uns zu. Gerade als wir uns hingesetzt haben, geht Frau Kuhns Blick wieder in Richtung Tür. Nur kurz darauf hört man ein lautes Rumsen. Irgendjemand hat die Tür zugeknallt. *Bestimmt meine Mutter*, denke ich und hebe schon mal vorsorglich die Augenbrauen.

Aber zum Glück täusche ich mich. Als ich mich umdrehe, sehe ich ein blondes Mädchen mit kleinen geflochtenen Zöpfen den Gang nach vorn kommen. Sie trägt ein braunes, voll altmodisches Cordkleid und darunter quietschgelbe Strumpfhosen. Wie kann man nur so rumlaufen?

»Da bist du ja wieder, Shanti«, sagt Frau Kuhn. »Dann können wir ja endlich anfangen.«

Shanti? Okay, denke ich, wenn man so einen komischen Namen hat, dann darf man auch so aussehen. Neugierig beobachte ich das merkwürdige Mädchen, das nun auf mich zukommt und es sich ausgerechnet auf dem freien Platz neben mir bequem macht.

»Hi«, flüstert sie mir zu. »Das blöde Schloss ist so groß, dass ich mich auf dem Weg zur Toilette verlaufen habe. Wenn ich aufgeregt bin, muss ich alle paar Minuten Pipi.«

»Aha.« Pipi? Spinnt die? So was erzählt man doch nicht bei einer ersten Begegnung, höchstens seiner besten Freundin! Und ich wüsste nicht, dass ich die wäre.

»Ich heiße Shanti«, flüstert sie.

»Hab ich gehört«, murmele ich genervt.

»Man spricht es mit Sch, aber man schreibt es mit Sh. Der Name kommt aus dem Sanskrit, einer alten indischen Sprache, und er bedeutet Frieden.«

»Aha.« Wie eine Inderin sieht sie aber nicht aus, eher wie die kleine nervige Ylvie aus dem *Wickie*-Film. Die hat auch immer so komische Klamotten an.

»Und du?«

»Paulina.«

»Pssst«, zischt jemand hinter uns und Shanti verstummt, aber da fragt Theo mich plötzlich von der anderen Seite: »Meinst du, Pinguine schmecken nach Fisch?«

»Hä, wie kommst du denn darauf?«, frage ich überrascht. Dieser Theo scheint echt ein komischer Vogel zu sein.

»Na, weil Pinguine doch hauptsächlich Fisch fressen.«

Ich schaue Theo an, dann Frau Kuhn in ihrem grauen Kleid. Jetzt bloß nicht loslachen!

»Quatsch!«, mischt sich Shanti in unser Gespräch ein. »Kühe schmecken doch auch nicht nach Gras, obwohl sie von morgens bis abends nur das grüne Zeug futtern. Außerdem habe ich noch nie gehört, dass man Pinguine essen kann.«

»Shanti Anuragi Bauer!« Frau Kuhn scheint jetzt wirklich sauer zu sein. Ich beiße mir auf die Lippen, damit ich nicht doch noch zu kichern anfange. Schade, dass Kira jetzt nicht hier ist. Die würde sich bestimmt schon kringelig lachen!

Frau Kuhn wirft uns der Reihe nach einen strengen Blick zu. Den hat sie mit Sicherheit jahrelang geübt, so gut ist er, denn wir sind auf der Stelle still. Dann eröffnet sie das offizielle Begrüßungsprogramm.

Zuerst kommt der Schulchor mit Orchester auf die Bühne. Ich entdecke eine Geige, ein paar Flöten, eine Klarinette und das absolute Lieblingsinstrument meines Vaters: ein Saxofon. Mein Vater ist ein sehr begabter Musiker. Er tourt, wie schon erwähnt, gerade mit seinem Orchester quer durch Deutschland. Ich gebe es nur ungern zu, weil es mir wirklich peinlich ist: Aber ich habe absolut null Talent von ihm geerbt. Alle Versuche, ein passendes Instrument für mich zu finden, scheiterten an der Tatsache, dass ich kein Taktgefühl habe. Über die Singerei müssen wir erst gar nicht reden. Ich bin mir sicher, dass alle hier Anwesenden fluchtartig den Raum verlassen würden, wenn ich jetzt eine Gesangsprobe abliefern müsste. Mit Ausnahme meiner Mutter natürlich, die sich mittlerweile leise in eine der hinteren Reihen gesetzt hat, wie ich aus dem Augenwinkel gesehen habe. Aber Mutsch findet ja sogar Kattas schräge Trällerversuche ganz wundervoll. Eins ist auf jeden Fall sonnenklar: Aus Katta wird genauso wenig ein Popstar werden wie aus mir.

Donnernder Applaus reißt mich aus meinen Gedanken. Der Chor samt Orchester verlässt die Bühne, dann wird es ernst. Die Schulleiterin bittet die beiden Klassenlehrerinnen Frau Eisenhardt und Frau Sauerbrei auf die Bühne.

»Nur Weiber!«, grummelt Theo vor sich hin.

Bestimmt muss *ich* zur Sauerbrei, denke ich. Obwohl sich Eisenhardt auch nicht besser anhört. Meine Klassenlehrerin in Bottrop hat wenigstens einen schönen Namen. Blumenthal, das klingt freundlich. Und sie ist es auch.

»Frau Eisenhardt übernimmt die Klasse 7a, Frau Sauerbrei die zusätzlich eingerichtete 7b.«
Zusätzlich eingerichtet? Das heißt, das ist dann wohl meine Klasse. Da haben wir es. Die Sauerbrei! War ja klar wie Kloßbrühe.
Bestimmt ist es die kleine Grauhaarige, die kerzengrade und mit verbissenem Mund gleich neben der Schulleiterin steht. Sie ist die Einzige, die nicht lächelt, und sie erinnert mich an die Ballettlehrerin, die mir gleich nach der ersten Stunde unmissverständlich klar gemacht hat, dass aus mir niemals eine erfolgreiche Tänzerin werden wird. Damals war ich sechs, aber ich weiß heute noch, wie sie ausgesehen hat. Die da vorn könnte glatt ihre Schwester sein. Gut, dass ich nicht lange hierbleibe.
»Frau Eisenhardt nimmt jetzt die Schüler und Schülerinnen der Klasse 7a in Empfang.« Die Schulleiterin lächelt die Grauhaarige auffordernd an. Dann liest sie die Namen vor und die Reihen zwischen uns leeren sich.
»Puh, Glück gehabt«, sagt Shanti. »Die Eisenhardt sieht ja mal wohl voll streng aus.« Theo und Shanti gehören also auch in Frau Sauerbreis Klasse. Mit ihrer schwarzen Hose und der weißen Bluse sieht die Lehrerin sehr schick aus. Sie ist eigentlich auch noch ganz jung, hat aber ihre blonden Haare ähnlich streng hochgesteckt wie der graue Pinguin. Nur die verschiedenfarbig lackierten Fußnägel, die man durch ihre Sandalen blitzen sieht, passen nicht ganz zu ihrem Outfit: Pink neben Grün!
Ich stehe zwischen Shanti und Theo und einundzwan-

zig anderen Schülern auf der Bühne und kann den Blick nicht von den Füßen meiner Klassenlehrerin nehmen. Als ich wieder aufschaue, zwinkert Frau Sauerbrei mir zu. Sie scheint ja doch ganz nett zu sein. Aber die Blumenthal ist mir auf jeden Fall sympathischer, auch wenn ich ihr den Aufenthalt hier zu verdanken habe.

»So, und jetzt zeige ich euch erst einmal das Wichtigste, eure Zimmer«, sagt die Sauerbrei. »Danach dürft ihr euch von euren Eltern verabschieden. Die können in der Zwischenzeit Kaffee trinken und sich für die Heimreise stärken. Eure Koffer stehen draußen vor dem Tor, die könnt ihr direkt mitnehmen.«

Mist! Dass ich hier auch erst einmal übernachten muss, habe ich völlig verdrängt. Diese unschöne Tatsache verschlechtert meine Laune von einem Moment auf den anderen. Genervt gehe ich mit den übrigen Schülern hinter Frau Sauerbrei her. Als wir das Schloss durch den Hintereingang verlassen, blicke ich überrascht auf. Den anderen kann ich nichts anmerken. Bestimmt waren alle schon einmal hier, um sich ganz genau umzuschauen. Nur ich war natürlich noch nie da.

War wohl nix damit, im Schloss zu wohnen, denke ich. Wir laufen durch einen Hof auf ein Eisentor zu, das dem von vorhin ähnelt. Irgendjemand hat die Koffer ordentlich nebeneinander an den Zaun gestellt. Meiner ist rot, er fällt zwischen den ganzen schwarzen sofort auf. Na, wenigstens hat Mutsch es pünktlich geschafft, das Gepäck hierherzuschaffen.

»Ab nach *Europa*«, sagt Frau Sauerbrei und öffnet schwungvoll das Tor.

Europa? Ich verstehe nur Bahnhof ...

Alle reden aufgeregt durcheinander und versuchen schon mal, irgendwelche Kontakte zu knüpfen. Als ich Kira damals in der ersten Klasse kennengelernt habe, war das ähnlich. Die meisten Freundschaften haben sich gleich am ersten Tag angebahnt.

»Ich komme aus Frankfurt, und du?« Aha, Shanti wanzt sich weiter an mich heran.

»Bottrop«, erkläre ich knapp und überlege, ob ich ihr einfach sage, dass ich im Moment kein Interesse an einer Unterhaltung habe. Erstens bin ich sowieso bald wieder weg und zweitens ist Shanti absolut nicht mein Fall. Aber das scheint sie nicht zu bemerken.

»Bottrop?«, fragt sie. »Noch nie gehört. Wo liegt das denn?«

»Ruhrpott.«

»Ach so, im Ruhrgebiet. Ich war auch schon mal in Düsseldorf. Da haben wir mal ...«

Boah! Düsseldorf gehört nicht zum Pott. Aber ich komme gar nicht dazu, Shanti das zu erklären. Sie labert mir die ganze Zeit eine Pfanne ans Knie und checkt gar nicht, dass mich überhaupt nicht interessiert, was sie da von sich gibt.

Ich lasse sie einfach weiterplappern – und bin froh, als Frau Sauerbrei endlich stehen bleibt.

»So, da sind wir! Die Mädchen der Klasse 7b ziehen

Fleur-Pflänzchen

gleich hier vorn in *Italien* ein, die Jungs in *England*.« Frau Sauerbrei zeigt auf zwei Häuser, auf einem prangt an der Tür ganz groß die italiensche Flagge, auf dem anderen die englische. Als ich mich umsehe, klappt mir die Kinnlade nach unten. Hier hinten im Schlosspark befindet sich ein richtiges kleines Dorf. Zumindest sieht es so aus. Mehrere Häuser mit unterschiedlichen Flaggen an der Tür stehen dicht beieinander in einem Halbkreis zueiander angeordnet. In Erdkunde war ich immer ganz gut. Ich erkenne die französische Flagge, die spanische, die belgische ... Das kleine Dorf in Schlossnähe soll also Europa sein. Und die Häuser sind die einzelnen Länder. *Italien* für die Mädchen gefällt mir. Da muss ich an Luca denken.

»Ihr teilt euch immer zu zweit ein Zimmer«, sagt Frau Sauerbrei. »Zuerst lese ich die Verteilung der Mädchen vor: Aleyna und Isabelle, ihr nehmt bitte gemeinsam das Zimmer oben nach vorn raus auf der linken Seite, Jana und Marie, ihr nehmt das daneben nach hinten, auf der rechten Seite oben machen es sich Gloria und Victoria gemütlich ...« Es dauert eine ganze Weile, bis ich endlich an der Reihe bin. »Jetzt kommen die Zimmer unten: Fleur und Paulina ...«

Wie bitte?? Ich bleibe zwar nur drei Nächte, aber die

will ich ganz bestimmt nicht mit einer verbringen, die ausgerechnet *Fleur* heißt. Der Name erinnert mich an meinen letzten Französisch-Vokabeltest, den ich total versemmelt habe. Wenn ich gewusst hätte, dass die Sprache so schwer zu lernen ist, hätte ich das blöde Fach nie schon in der sechsten Klasse als zweite Fremdsprache gewählt. Ich meine, die Aussprache klingt ja echt nett, das Vokabelbüffeln nervt jedoch volle Kanne. Aber dass Fleur übersetzt Blume heißt, weiß ich bestimmt. Außerdem bin mir fast sicher, dass eine, die so heißt, sowieso nicht ganz dicht im Kopf sein kann. Ich will mich gerade lauthals beschweren, da kommt mir das französische Pflänzchen zuvor.

»Mit der? Niemals!«, schreit sie. »Wir hatten bei der Anmeldung angegeben, dass ich mit Xenia in ein Zimmer möchte.«

»Genau«, piepst Xenia schrill. »Und wenn das nicht klappen sollte, können Sie uns gleich wieder abmelden. Dann fahren wir sofort zurück. Man hat uns zugesagt, dass das mit einem gemeinsamen Zimmer für Fleur und mich kein Problem sei – wenn es hier schon keine Einzelzimmer gibt!«

Ich muss Kira unbedingt mitteilen, dass es hier auf der Insel Rosenwerth noch krassere Lisas als in Bottrop gibt – und dass die Idee mit der sofortigen Rückfahrt gar nicht so schlecht ist. Da mischt sich Shanti unerwartet in das Geschehen ein.

»Ganz ehrlich«, sagt sie laut und deutlich, »ich schätze,

dass es unser Leben für alle hier enorm erleichtern wird, wenn die beiden Zicken sich sofort wieder auf den Heimweg machen.«

Wow! So viel Mumm hätte ich ihr gar nicht zugetraut. Aber an der Sache ist was dran.

»Shanti!« Frau Sauerbrei zieht missbilligend die Augenbrauen hoch. Anscheinend hält sie von der Idee nicht viel.

»Wo sie recht hat, hat sie recht«, murmele ich leise, aber Fleur hat es natürlich gehört.

»Mit der? Niemals!«, wiederholt sie, mustert mich erneut abfällig und verschränkt die Arme vor der Brust.

»Schluss jetzt! Fleur mit Paulina – und Shanti, du hast dir soeben das Zimmer mit Xenia verdient. Wem das nicht passt, der kann sich ja bei der Schulleitung beschweren. Und Frau Kuhn klärt das dann mit euren Eltern.«

»Mist, das fängt ja gut an«, nuschelt Shanti. »Hätte ich bloß meine Klappe gehalten.«

Nur drei Tage, denke ich.

Ich tu mir selbst leid

Zwei Betten, zwei Schränke, zwei Schreibtische, ein großes Regal, eine Couch mit einem kleinen Tisch. So sieht also ein Internatzimmer im Bernstein aus. Dazu gehört zu jedem Zimmer ein kleines Bad mit Dusche, Toilette und Waschbecken. Das wird ja was werden mit Fleur! Wahrscheinlich blockiert sie jeden Morgen mindestens drei Stunden lang das Bad.

Da muss ich jetzt durch! Drei Tage werde ich hier aushalten, spätestens dann bin ich wieder weg. Damit das funktioniert, habe ich mit Kira und den Jungs eine ganz spezielle Strategie ausgeheckt.

Tag 1, also heute: gute Miene zum bösen Spiel machen. Bloß nicht auffallen und guten Willen zeigen.

Tag 2: zurückhaltend sein. Im Laufe des Tages immer stiller werden. Abends nichts essen und behaupten, keinen Hunger zu haben – Proviant habe ich ja im Koffer, da kann ich nicht wirklich verhungern.

Tag 3: schauspielern, dass ich ganz schlimm Heimweh habe. Mutsch anrufen, abholen lassen, fertig!

Im Hintergrund habe ich mich ja bisher nicht wirklich gehalten. Aber vielleicht ist es auch ganz gut so. Dann fällt morgen noch mehr auf, dass ich mich hier einfach unwohl fühle. Am besten mache ich einen auf schweigsam und weinerlich.

»Ich nehme das hier.« Fleur lässt sich demonstrativ auf das Bett, das links an der Wand steht, fallen. »Unter dem Fenster zieht es. Da wird man schnell krank.«

Stimmt ja, Fleur ist eine zarte Blume, die der kleinste Windhauch umpusten kann. Nur hat sie keine Blütenblätter auf dem Kopf, sondern lange braune Haare, die sie immer wieder filmreif nach hinten schmeißt. Überhaupt fummelt sie ständig an ihrer Frisur herum, auch wenn kein Spiegel in Sichtweite ist. Fleur ist eindeutig schlimmer als Lisa. Und das heißt was!

Selbst wenn ich ernsthaft vorgehabt hätte, hier im Internat zu bleiben, hätte ich mich angesichts dieser erzwungenen Wohngemeinschaft ganz sicher doch noch dagegen entschieden.

Verwöhnte Zicke, denke ich, halte mich aber zurück, weil mir Kira und unser Plan wieder einfällt.

»Wenn du meinst, *ich* hab nix gegen ein bisschen frische Luft«, erwidere ich also und hieve meinen Koffer auf das Bett, das Fleur für mich ausgesucht hat.

Ob ich das Ding überhaupt auspacken soll? Wenn ich es allerdings nicht mache, fällt das vielleicht irgendwie auf. Noch während ich darüber nachdenke, gibt die Blume mir die Antwort.

»Eigentlich kannst du dir die Arbeit sparen. Ich habe meinen Vater schon angerufen. Ich bin mir sicher, dass er diese unschöne Sache mit den Zimmern gleich klären wird. Er ist nämlich Staatsanwalt.«

»Na dann ...« Wie praktisch! Ich wuchte den Koffer zurück auf den Boden und schiebe ihn unter das Bett. Dann ziehe ich meine Sneaker aus und mache es mir auf der Matratze gemütlich. Es wird Zeit, endlich eine Nachricht an Kira zu schreiben. Die wartet bestimmt schon sehnsüchtig auf Informationen von mir. Ich drehe mich auf eine Pobacke und hole mein Handy aus der Hosentasche.

Krise! Du kannst dir nicht vorstellen ..., tippe ich gerade, als ich ziemlich unschön von Fleur unterbrochen werde.

»Ach herrje«, säuselt sie, »was hast du denn da für ein altmodisches Teil? Das Ding hat ja noch richtige Tasten! Dass es so etwas überhaupt noch gibt ...«

»Hä?« Was will die denn jetzt von

mir? Was geht Madame Ich-bin-was-Besseres mein Telefon an?

»Ach ja, du bist ja das Mädchen mit dem Stipendium. Das erklärt natürlich alles«, flötet Fleur gespielt unschuldig, zaubert einen pinkfarbenen Mini-Laptop aus ihrer Tasche und platziert ihn auf einem der beiden Schreibtische, den sie damit als den ihren bestimmt hat.

Das gibt Rache, so viel steht schon einmal fest. Am liebsten würde ich Fleur ihr blödes Angeberteil an den Kopf knallen. Was bildet die blöde Pute sich eigentlich ein? Die meint doch nicht etwa, dass sie mich mit einem Laptop beeindrucken kann? Oder gar mit ihrem Vater?

Ob ich ihr erzählen soll, dass man bei uns in Bottrop normalerweise die Nachrichten noch durch Brieftauben übermittelt? Aber blöd, wie die ist, glaubt sie das noch. Außerdem ist Nichtbeachtung wahrscheinlich die beste Methode, um mit dieser eingebildeten Schnepfe fertigzuwerden. Ich hülle mich also in Schweigen, obwohl mir das echt schwerfällt. Die Tastatur meines Handys funktioniert jedenfalls einwandfrei! Schnell tippe ich die Nachricht zu Ende und schicke sie auf den Weg zu Kira.

Krise! Du kannst dir nicht vorstellen ... Boah, ich ertränk die doofe Pissnelke, die bei mir im Zimmer schläft, heute Nacht im Rhein!!! Kira, ich halt das nie im Leben drei Tage hier aus. Die sind alle so was von bescheuert!!!

Ob ich der Pissnelke heute Nacht vielleicht einfach die Haare abschneiden soll? Dann schlage ich gleich zwei

Fliegen mit einer Klappe: Ich hab ihr einen Denkzettel verpasst – und ich darf sofort nach Hause, weil ich der Schule verwiesen werde. Aber dann ist meine Mutter sauer auf mich. Ich muss also irgendwas anstellen, wobei ich nicht erwischt werde.

So schlimm? Du Arme! Aber werd bitte nicht zur Mörderin, sonst landest du im Knast und kommst gar nicht mehr zu uns zurück! ☺

Kiras SMS baut mich wieder auf.

Hihi, vielleicht gibt es hier im Schloss ja sogar einen Kerker, schicke ich zurück und warte gespannt auf die Antwort meiner allerbesten Freundin. Doch da klopft es plötzlich laut an der Tür.

Kurz darauf steht Mutsch im Zimmer. »Ich muss los«, sagt sie und kommt zu mir ans Bett.

»Okay.« Demonstrativ bleibe ich liegen. Sie soll ruhig merken, dass ich immer noch sauer bin.

Mutsch beugt sich zu mir runter und drückt mir einen Kuss auf die Stirn. Ihre Augen füllen sich mit Tränen. Bestimmt hat sie ein schlechtes Gewissen. Geschieht ihr recht, denke ich missmutig. Soll sie ruhig ein bisschen leiden. Aber als sie zur Tür rausgeht, fühle ich mich auf einmal schlecht, deswegen laufe ich ihr schnell hinterher und drücke sie zum Abschied.

»Hab dich lieb«, murmele ich.

Mutsch lächelt. »Ich dich auch!«

Als ich mich kurz darauf wieder aufs Bett schmeiße, werfe ich Fleur einen warnenden Blick zu. Wenn sie jetzt

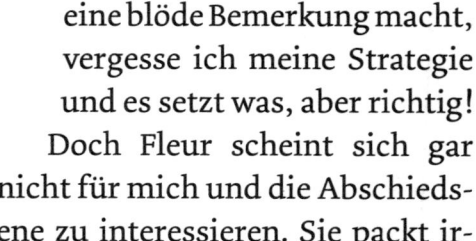

eine blöde Bemerkung macht, vergesse ich meine Strategie und es setzt was, aber richtig! Doch Fleur scheint sich gar nicht für mich und die Abschiedsszene zu interessieren. Sie packt irgendwelche Parfümfläschchen aus und stellt sie auf den Nachttisch neben ihrem Bett. Hoffentlich testet sie die nicht gleich alle aus, denke ich genervt, als es schon wieder an der Tür klopft.

Ob Mutsch was vergessen hat?

Es ist jedoch ein älteres Mädchen mit wuscheligen rotbraunen Haaren, das den Kopf da in unser Zimmer steckt.

»Schlossbesichtigung«, ruft sie fröhlich. »Ich soll euch alle im Namen von Frau Sauerbrei zusammentrommeln und mitteilen, dass sie draußen am Tor auf euch wartet.«

»Jetzt sofort?« Fleur zieht gelangweilt ihre etwas schiefe Nase nach oben. Dass ihr Zinken krumm ist, ist mir bisher noch gar nicht aufgefallen.

»Nein, übermorgen ... Was denkst du denn? Los, kommt in die Puschen!«

Ich schlüpfe schnell in meine Schuhe und mache mich auf den Weg.

Fleur hingegen sprintet ins Bad. »Ich mach mich noch eben frisch«, ruft sie. »Du musst nicht warten, ich komm gleich nach.«

Frisch? Hübsch meint sie wohl! Bestimmt steht sie jetzt vor dem Spiegel und zupft ihre Blüten zurecht. Als ob das was nutzen würde. Und wie kommt sie eigentlich darauf, dass ich auf sie gewartet hätte?

Im Hausflur treffe ich noch mal auf das ältere Mädchen.

»Übrigens, ich heiße Lizzy«, sagt sie. »Ich bin Haussitterin hier bei euch in Italien, gemeinsam mit Nina. Die lernst du später auch noch kennen. Wir wohnen im Dachzimmer. Mit uns beiden sind wir hier vierzehn. Wenn du irgendwann mal Probleme haben solltest, kannst du dich jederzeit vertrauensvoll an uns wenden.« Lizzy lächelt mich aufmunternd an.

Dabei fällt mir auf, dass sie ein kleines, glitzerndes Nasenpiercing trägt. So eins will meine Schwester auch unbedingt haben, wenn sie sechzehn wird, aber Mutsch erlaubt es ihr nicht.

»Und wie heißt du? Ich kenn eure Namen noch nicht alle«, fragt Lizzy mich.

»Ich bin Paulina, die Arme, die sich mit Fleur ein Zimmer teilen muss. Ich tu mir selbst leid!«, sage ich und seufze, während Lizzy lauthals anfängt zu lachen.

»Hab schon von eurem kleinen Disput vorhin gehört. Keine Sorge, irgendwie gibt es in jedem Jahrgang ein paar Mädels, die denken, sie seien was Besonderes. Meistens renkt sich das nach einer Weile von allein wieder ein. Hier im Bernstein kommt man mit der Masche nicht weit.«

Ich glaub ja ehrlich gesagt nicht daran, dass Fleur sich großartig ändern wird, aber das ist ja zum Glück nicht mein Problem, deswegen gehe ich auch nicht weiter darauf ein.

»Sag mal, warum heißt unser Haus eigentlich Italien?«, frage ich.

»Das liegt an der Gründerin des Internats: Lady Rosalyn Baker hat sich damals sehr für die schulische Ausbildung eingesetzt, besonders für die der Mädchen. Mit dem großen Vermögen ihrer Familie hat sie dann überall in Europa verteilt Schulen gegründet, die alle nach dem gleichen Konzept geführt werden.

Italien gehört auch dazu. Du hast Glück, zwischen den Ländern findet jedes zweite Schuljahr ein Schüleraustausch statt. Die Schülerinnen, die jetzt in Italien im Deutschland-Haus wohnen, kommen zuerst hierher. Und danach fahrt ihr nach Italien. Eure Jungs tauschen dafür mit den Engländern ... und so weiter. Das wird bestimmt cool.«

»Verrückt!«, sage ich.

Lizzy lacht schon wieder. »Das erfahrt ihr alles bald ganz genau von der Eisenhardt. Die Internatsentstehung ist immer das erste Unterrichtsthema in Geschichte.

»Eisenhardt? Das ist doch die griesgrämige Grauhaarige, die die 7a übernimmt?«

»Ja, genau die.«

»Oh, und ich hab vermutet, die unterrichtet Ballett.«

»Geschichte und Sport. Wart nur ab! Ihr Gymnastik-

Tanz-Unterricht ist legendär. Sie steht voll auf rhythmische Sportgymnastik. Ich hab damals in der Siebten meine Prüfung mit dem Band gemacht – werde ich nie vergessen!«

Rhythmische Sportgymnastik mit dem Band? In Bottrop spielt man Basketball, Fußball oder Handball! Im vorletzten Halbjahr haben wir außerdem Hip-Hop getanzt und bei der Weihnachtsfeier unsere eigene Choreografie in der Aula vorgeführt.

»Unterrichtet sie alle hier in Sportgymnastik, auch die Jungs?«, frage ich neugierig. Vielleicht kann ich ja einmal daran teilnehmen. Dann habe ich zu Hause wenigstens was zu erzählen. Die Jungs in meiner Klasse haben sich teilweise schon beim Hip-Hop alle Knochen gebrochen. Aber Lizzy ist schon bei einem anderen Thema.

»Ihr habt ganz schön Glück mit der Sauerbrei. Die ist noch relativ neu hier und echt nett. Ihr seid die erste Klasse, die sie übernimmt. Letztes Jahr war sie nur Fachlehrerin. Da vorn steht sie übrigens und der Rest deiner Klasse auch.« Lizzy zeigt mit dem Finger in Richtung Tor, wo sich bereits ein buntes Grüppchen zusammengefunden hat. Ich scheine eine der Letzten zu sein. Also verabschiede ich mich von Lizzy und geselle mich schnell zu den anderen.

»Da bist du ja, Paulina. Hast du Fleur nicht mitgebracht?«, fragt Frau Sauerbrei.

Was habe ich denn mit der zu tun? Ich bin doch nicht ihr Kindermädchen! Außerdem habe *ich* mir meine Mitbewohnerin nicht ausgesucht. Das will ich gerade kundtun, da sehe ich Xenia ganz angeregt mit einem älteren Typen plappern. Es könnte der Housesitter der Jungs sein, zumindest vom Alter her dürfte das passen.

»Ich weiß nicht, ist sie nicht bei Xenia?«, frage ich unschuldig. Fleur hängt ganz sicher noch vor dem Spiegel rum, aber den Spaß gönne ich mir.

Wenn Kira auch hier im Internat gelandet wäre, hätte ich sie ganz sicher abgeholt – oder sie mich. Die beiden scheinen ja tolle Freundinnen zu sein.

»Was ist, Xenia? Weißt du, wo Fleur steckt?« Frau Sauerbrei schaut Fleurs Freundin fragend an. Und ich mache das auch. Dabei stelle ich fest, dass Xenia Fleur in gewisser Hinsicht unheimlich ähnelt. Ob es vielleicht gar keine Freundinnen, sondern Schwestern sind? Beide haben lange glatte Haare – okay, die eine ist braunhaarig, die andere blond. Aaaber ... die Nase! Die sitzt bei Xenia auch etwas schief.

»Xenia?« Frau Sauerbrei wird etwas ungeduldig. Das hört man an der Stimme, und man merkt es daran, dass sie mit einem Fuß hoch- und runterwippt. Das macht meine Mutsch auch immer, wenn ihr was nicht schnell genug geht.

»Ja?« Endlich bekommt sie mit, dass tatsächlich sie gemeint ist.

»Weißt du, wo Fleur steckt?«

»Nein, aber ich kann sie ja mal anrufen.« Wie selbstverständlich greift Xenia nach ihrem Handy, aber Frau

Sauerbrei schüttelt energisch den Kopf und macht eine abwehrende Geste.

»Hier herrscht absolutes Handyverbot!«, erklärt sie. »Die genauen Regeln besprecht ihr heute Abend nach dem gemeinsamen Essen, mit euren Haussitterinnen. Kannst du bitte mal nachschauen, wo sie bleibt, Xenia? Bist du so freundlich?« Xenia verzieht das Gesicht, als hätte sie gerade in eine Zitrone gebissen. Bisher wusste ich gar nicht, dass man eine Nase so runzeln kann. Xenia kann ihre richtiggehend in Falten legen. Ob sie weiß, wie dämlich das aussieht?

»Xenia, bitte!«

»Ich geh ja schon ...«

»Da haben wir uns aber ganz schön was eingebrockt, stimmt's?« Shanti steht mittlerweile neben mir und Theo hat sich auch zu uns gesellt.

Irgendwie sehen die beiden optisch ganz schön verändert aus. Ich hätte sie beinahe nicht wiedererkannt.

»Wo ist deine Brille?«, frage ich Theo.

»Das war nur ein Gag. Fensterglas.«

»Du brauchst also gar keine?«

»Nein, ich sehe hundertprozentig gut. Ich dachte nur, ich könnte dadurch meinen ersten Eindruck verbessern und etwas schlauer aussehen.«

»Hm«, mache ich. Darauf fällt mir wirklich nichts ein. Auf so eine komische Idee kann eindeutig nur jemand kommen, der ein etwas verqueres Selbstverständnis hat. Seltsam ist Theo also auf jeden Fall!

»Sei froh, dass du keine brauchst. Ich hab nämlich eine, ziehe sie aber nicht gerne auf. Nur im Unterricht muss ich sie tragen, sonst kann ich nämlich kein Wort auf der Tafel erkennen.« Shanti kramt in ihrer kleinen bunten Umhängetasche und zieht ein Etui heraus. »Und, wie findet ihr sie?«, fragt sie und setzt sich ihre Brille auf.

»Schräg«, stellt Theo fest. Und das denke ich auch. Die Gläser sind rund, die Brillenfassung knallrot. Shanti sieht damit kein bisschen schlauer aus, eher wie eine verwirrte Eule. Sie hat sich zwischenzeitlich umgezogen und trägt nun anstelle der gelben Strumpfhosen knallbunte Leggins, die aussehen, als hätte sie sie selbst gehäkelt. Darüber hat sie eine rosafarbene Tunika gezogen, auf der ein weißes Peacezeichen prangt. Das Oberteil ist gar nicht mal schlecht, und ich bin wirklich die Letzte, die nur auf das Äußere achtet, aber Shanti braucht ganz dringend mal eine Beratung in Sachen Mode, so viel steht schon mal fest!

Ich will nicht unhöflich sein und die beiden haben

mir ja auch gar nichts getan. Deswegen verkneife ich mir einen weiteren Kommentar zum Thema Brillen.

»Fleur meint, ihr Vater sei Staatsanwalt und würde das mit den Zimmern heute noch klären«, sage ich.

Shanti grinst. »Mein Vater ist Psychiater. Du kannst Fleur ausrichten, er wird ihr gerne eine Gratissitzung verpassen. Sie wirkt so, als hätte sie mal eine nötig.«

»Meiner ist Musiker, er spielt Saxofon. Und er tourt gerade quer durch Deutschland. Deswegen können wir mit seiner Hilfe kaum rechnen.« Dass mein Vater ständig unterwegs ist, nervt ganz schön. Zumindest mich. Und Mutsch auch, aber das würde sie nie zugeben. Papas Karriere, vor allem aber seine künstlerische Entwicklung, seien ungemein wichtig, sagt sie zumindest immer. Trotzdem finde ich es blöd. Ich hätte ehrlich gesagt lieber einen Vater, der jeden Abend ganz normal nach Hause kommt.

»Saxofon? Wie beneidenswert!« Shanti reißt ihre Augen auf. »Spielst du auch? Ich würde alles darum geben, wenn ich das lernen könnte.«

»Nein, ich bin völlig talentfrei«, gebe ich zu.

»Ich hatte übrigens bisher Glück, was meinen Zimmergenossen angeht«, sagt Theo. »Ich muss mir die Bude mit einem gewissen Lennart teilen, der erst nächste Woche hier eintreffen wird. Das heißt, ich hab erst einmal meine Ruhe. Ach, und mein Alter ist übrigens Metzger. Wir können ihn anhauen, wenn das Futter hier nicht schmeckt. Er schickt uns bestimmt Fresspakete.«

Ein Metzgersohn? Das hätte ich nie gedacht. Eins muss ich Theo lassen. Ich hab ihm die vornehme Nummer vorhin echt abgenommen, aber so stinknormal ist er mir auf jeden Fall lieber.

»Und er macht den besten Schinken in ganz Hamburg!«, fügt er hinzu.

Wieder reißt Shanti ihre Augen auf. »Schinken?«, fragt sie entsetzt. »Er macht Wurst ... aus Tieren?«

»Ja, und Kotelett, Schnitzel ...«

»Hör auf, das ist ja voll ekelig! Ich bin Vegetarierin! Ich würde nie irgendwas essen, was mal Augen hatte. Stell dir vor, dass das Tier dich vielleicht sogar mal angesehen hat, bevor du es verspeist hast.«

Ich esse für mein Leben gern Pommes mit Currywurst oder Klopse mit Jägersoße und Kartoffelstampf. Für Omas Rinderschmorbraten würde ich fast sterben. Katta und ich streiten uns immer um die knusprigen Endstücke. Und Opa hat neben den Tauben auch Hühner hinten im Garten, von denen immer mal wieder eins ab in die Suppe wandert, aber das erwähne ich jetzt lieber nicht.

Zwei megamäßig eingebildete Lisas, eine friedliche Vegetarierin und ein schräger Metzgersohn. Wer weiß, wer mir hier sonst noch alles über den Weg läuft.

Gefangen in der Folterkammer

Es gibt tatsächlich einen Kerker im Schloss. Und der sieht genauso aus, wie ich ihn mir vorgestellt habe: düster und frostig! Wir stehen in einem dunklen Verlies tief unten im kalten Gemäuer. Bei dem Gedanken, dass hier wirklich mal Gefangene eingesperrt waren, fröstelt es mich noch mehr.

»Benehmt euch, sonst gibt es nur noch Wasser und Brot«, scherzt Frau Sauerbrei, und ich werfe einen prüfenden Blick auf Fleur, die gerade noch rechtzeitig mit Xenia aufgetaucht ist, bevor wir den Rundgang angetreten haben. Ihr Haar hat sie nun hochgesteckt, den Pony mit drei schmalen, silbernen Haarreifen aus dem Gesicht geschoben. Ob sie weiß, dass ihre schiefe Nase dadurch noch besser zur Geltung kommt? Eine kleine oder sagen wir besser mal mittelgroße Abreibung hätte sie schon verdient. Ihr toller Vater hat bisher bei der Schulleitung nichts erreicht, teilt sie mir zähneknirschend mit. Würde ich nicht selbst darunter leiden, da ich jetzt mit ihr auch noch die Nacht verbringen muss, würde ich mich darüber wie Hulle freuen. Aber ich sitze dummerweise ausgerechnet mit der Ober-Lisa des Internats in einem Zimmer fest.

»Gibt es hier auch eine Folterkammer?« Theo sieht triumphierend in die Runde. War ja klar, dass einer der Jungs diese Frage stellt. Ein Lachen geht durch die Klasse.

»Die ist oben im Schloss«, flüstert Shanti mir zu. »Man nennt den Ort auch *Klassenzimmer.*«

Ich muss zugeben, dass der Spruch echt gut war, und grinse Shanti an. Da sehe ich aus dem Augenwinkel eine dunkle Gestalt um die Ecke huschen und im nächsten Augenblick in einer der Wandnischen verschwinden. Ich remple Shanti mit dem Ellbogen an und deute mit dem Kopf in die Richtung, in die jetzt noch jemand läuft. Erschrocken zuckt Shanti zusammen, aber bevor sie irgendetwas sagen kann, mache ich »Pssst« und schüttele leicht den Kopf. Wenn mich nicht alles täuscht, wird es hier gleich ordentlich gruselig zugehen. Bestimmt wollen uns irgendwelche älteren Schüler erschrecken. Nur gut, dass wir schon vorgewarnt sind!

Frau Sauerbrei verschafft sich Ruhe. »Eine Folterkammer gibt es, aber die Geräte existieren nicht mehr. Es sind nur noch ein paar Ketten vorhanden. Wollt ihr den Raum trotzdem sehen?«

»Na klar! Unbedingt!«

Aufgeregt marschieren wir hinter unserer Klassenlehrerin den langen dunklen Gang entlang. Er wird nur durch ein paar dämmrige Lampen beleuchtet. Niemand scheint die Gestalten, die sich dort versteckt halten, zu bemerken.

Als ich mit Shanti langsam an ihnen vorbeigehe, drehe ich unauffällig den Kopf, um vielleicht etwas mehr von den beiden erkennen zu können. Dabei schaue ich in zwei düstere Augen, die mich funkelnd anstarren. Außerdem erkenne ich dunkle Locken, die sich aus einer schwarzen Sweatshirtkapuze herauskringeln. Ich zucke zusammen und fühle, wie sich eine leichte Gänsehaut von meinem Nacken über den Rücken ausbreitet. Wenn ich die beiden nicht schon vorher entdeckt hätte, wäre ich jetzt wahrscheinlich vor Angst in Shantis oder sogar Theos Arme gesprungen. Shanti scheint es ähnlich zu gehen, denn sie greift plötzlich nach meiner Hand und drückt fest zu.

»Schon irgendwie gruselig«, flüstert sie leise.

Ich nicke zustimmend und kämpfe gegen die Verlockung an, mich noch einmal umzudrehen, um zu schauen, was da gleich hinter uns passiert. Von der zweiten Gestalt habe ich gar nichts gesehen, außer dass sie auch eine Kapuze auf dem Kopf hatte. Wie verkleidete Geister sahen die beiden nicht aus. Was sie wohl vorhaben? Vor der Folterkammer bleiben wir stehen. Erst da merke ich, dass ich immer noch Shantis Hand halte, und lasse sie schnell wieder los.

Die schwere Holztür quietscht laut, als Frau Sauerbrei

sie aufdrückt. In der Kammer ist es noch dunkler als auf dem Gang.

»Wartet, ich zünde die Kerzen an«, sagt Frau Sauerbrei und betritt als Erste den Raum.

Das Kerzenlicht erleuchtet die Folterkammer nur spärlich, aber man kann ganz deutlich die dicken Haken mit den schweren Eisenketten an den Wänden erkennen. Der Raum ist recht groß. An den kaputten Bodensteinplatten ist noch ersichtlich, dass an manchen Stellen irgendwelche schweren Apparate angebracht waren. In einer Ecke steht ein heller Holzstuhl, der hier irgendwie so gar nicht hinpasst und zu modern wirkt. Ansonsten ist der Raum leer, bis auf einen eigenartigen kniehohen Steinblock in der hinteren Ecke, der ebenerdig direkt an die Wand gemauert zu sein scheint.

»Sieht aus wie ein Sarg«, stellt Theo fest.

»Nein«, lacht Frau Sauerbrei, »das ist ein gemauertes Bett. Man nimmt an, dass einer der Wächter darauf geschlafen hat. Es ist massiv, nicht hohl. Also keine Angst, es liegt kein Skelett darin, das jeden Moment aufstehen und hier rumspuken wird.«

Rums!

Jetzt ist es Shanti, die fast auf mich draufspringt. Erschrocken klammert sie sich an mir fest. Und den anderen geht es auch nicht besser. Sogar Frau Sauerbrei scheint ganz blass geworden zu sein, soweit ich das im Kerzenlicht erkennen kann.

Jetzt geht der Spuk also doch los, denke ich. Irgendjemand hat hinter uns die Tür zugehauen und den Riegel vorgeschoben. Zumindest hat es sich danach angehört.

»Also, das ist ja …« Frau Sauerbrei läuft zur Tür und drückt von innen dagegen, aber sie lässt sich nicht öffnen. »He, das ist nicht lustig, macht sofort wieder die Tür auf!«, ruft sie und hämmert gegen das schwere Holz.

Ich rechne damit, dass noch irgendetwas passiert, dass wir vielleicht ein gruseliges Heulen vor der Tür hören. Aber es geschieht nichts, es bleibt einfach still, zumindest im Gang dahinter. Hier drinnen fangen nämlich alle an, aufgeregt durcheinanderzureden.

»Ruhe!«, schimpft unsere Lehrerin. Zum ersten Mal passt ihr Name auch zu ihrem Äußeren. Frau Sauerbrei sieht wirklich sauer aus! Zwischen ihren Augenbrauen hat sich eine steile Falte gebildet. »Ich kann sonst nicht hören, was da draußen vor sich geht.«

Sofort sind alle mucksmäuschenstill. Das Einzige, was man hört, ist das laute, pfeifende Atmen einer großen, sehr dünnen Schülerin, die so unscheinbar ist, dass sie mir bisher gar nicht weiter aufgefallen ist. Sie steht etwas abseits, hat eine Hand auf ihre Brust gelegt, mit der anderen stützt sie sich an der Wand ab.

Ich zupfe Shanti am Ärmel und ziehe sie zu dem Mädchen, das so aussieht, als würde es gleich umkippen.

»Alles okay mit dir? Hast du Angst?«, frage ich sie. »Mach dir keine Sorgen. Hier will uns bestimmt nur jemand einen Schrecken einjagen. Die Tür geht sicher gleich wieder auf.«

»Das ist es nicht … Ich hab Asthma«, flüstert sie. »Hier unten ist die Luft so stickig und muffig, da bekomme ich Probleme beim Atmen.«

»Hast du kein Spray dabei?«, fragt Shanti.

»Im Zimmer vergessen – total blöd.«

»Mein Cousin hat auch Asthma«, meint Shanti, »und er vergisst ständig das doofe Spray. Komm, wir setzen uns auf das Steinbett. Du musst den Kopf nach unten halten, die Lippen zusammenpressen und durch die Nase atmen, dann wird es besser …«

Das Mädchen nickt. »Ja, ich weiß.«

»Wie heißt du?«, frage ich, als wir uns gesetzt haben und sich ihre Atmung ein wenig beruhigt hat.

»Larissa.«

»Endlich mal eine, die auch einen ganz normalen Namen hat«, scherze ich. »Das da ist übrigens Shanti – und ich bin Paulina.«

Larissa zeigt ein kleines Lächeln. Sie sieht wirklich blass aus. Frau Sauerbrei ist so mit der Tür beschäftigt, dass ihr gar nicht auffällt, wie schlecht es einer ihrer Schülerinnen geht.

Die anderen stehen in kleinen Grüppchen zusammen und unterhalten sich aufgeregt. Hoffentlich geht die Tür gleich auf, sonst bricht hier bestimmt bald Panik aus. Fleur hat schon hektische rote Flecken im Gesicht. Sie redet die ganze Zeit auf Frau Sauerbrei ein. Als ob das helfen würde! Durch ihr Gekreische geht die Tür bestimmt nicht auf.

Larissa fiept beim Atmen. Langsam mache ich mir wirklich Sorgen. Ich überlege gerade, ob ich Frau Sauerbrei informieren oder doch noch einen Moment abwarten soll, als Shanti eine andere Strategie zu wählen scheint.

»Und hier soll jemand drauf geschlafen haben?«, fragt sie laut und rutscht mit ihrem Hinterteil skeptisch auf den harten Steinen hin und her. »Da braucht man ja mindestens einen Arsch aus Stahl, um keine blauen Flecken zu bekommen.«

Anscheinend will sie Larissa ablenken. Vielleicht funktioniert es ja.

»Hat sie gerade Arsch gesagt?«, frage ich mit großen Augen.

»Ja«, kichert Larissa, »hat sie.« Dann presst sie auf einmal wieder die Lippen zusammen und atmet weiter konzentriert durch die Nase ein und aus.

Frau Sauerbrei hämmert wieder mit der Faust gegen die Tür.

»Es reicht jetzt, aufmachen!«, ruft sie mit strenger Stimme.

»Idioten«, sage ich leise und denke an die düsteren Augen, die mich vorhin aus unmittelbarer Nähe angefunkelt haben. »Die hätten sich echt was Besseres einfallen lassen können.«

Frau Sauerbrei schaut auf ihre Uhr. »Schon zehn Minuten! Das geht eindeutig zu weit.« Dann wirft sie einen Blick in die Runde. »Wer von euch hat sein Handy dabei? Am besten, wir rufen oben im Sekretariat an. Frau Frommelt kann dann dem Hausmeister Bescheid sagen, damit er uns hier unten rauslässt.«

Sofort kramen alle nach ihren Telefonen. Sogar Shanti hat ihres dabei, nur ich nicht.

»Kein Empfang«, stellt sie fest. Und den anderen geht es ebenso.

»Na gut«, sagt Frau Sauerbrei und holt tief Luft. »Dann nutzen wir jetzt die Zeit, um uns alle ein bisschen besser kennenzulernen. Lange werden die uns bestimmt nicht mehr hier schmoren lassen. Ich mache den Anfang: Also, mein Name ist Julia Sauerbrei, ich bin 29 Jahre alt und war auch schon Schülerin hier im Internat. Nach dem Abitur habe ich in Bonn die Fächer Kunst und Deutsch auf Lehramt studiert. Danach war ich ...«

Moment mal, 29? So alt ist die Blumenthal auch! Das weiß ich, weil wir noch kurz vor den Sommerferien ihren Geburtstag in der Klasse gefeiert haben. Dann kennen sich die beiden womöglich! Vielleicht haben sie das blöde Ding mit dem Stipendium sogar gemeinsam ausgeheckt? Ich überlege gerade, ob ich sie einfach mal nach Frau Blumenthal frage, da höre ich, dass Larissas Pfeifen neben mir wieder lauter wird.

»Kannst du es noch aushalten?« Shanti streichelt besorgt über Larissas Rücken. »Wir kommen bestimmt schnell wieder hier raus. Irgendjemand wird ganz sicher bald merken, dass wir nicht zurückkommen, und nach uns suchen.«

Ich bin mir da gar nicht so sicher. Es könnte Stunden dauern, bis das jemandem auffällt. Und wenn die Idioten uns nicht aufmachen, sitzen wir noch eine Ewigkeit hier fest.

Ich entschließe mich nun doch, Frau Sauerbrei über Larissas Zustand in Kenntnis zu setzen. »Ich will Sie ja nicht unterbrechen, Frau Sauerbrei«, sage ich, »aber Larissa hat Asthma – und sie hört sich gar nicht gut an.«

Sofort kommt Frau Sauerbrei ans Steinbett und kniet sich vor uns hin. »Warum habt ihr das denn nicht gleich

gesagt?« Sie unterhält sich kurz mit Larissa, dann springt sie auf, stemmt ihre Arme in die Hüften und sagt in die Runde: »Okay, hört mir mal zu. Ich möchte, dass ihr euch nun alle hintereinander aufstellt, mit dem Gesicht zur Tür. Keiner dreht sich zur hinteren Wand um, habt ihr das verstanden?«
　Was soll das jetzt? Was hat die denn vor?
　»Das gilt auch für euch drei, Paulina, Larissa und Shanti. Steht bitte auf und stellt euch zu den anderen.«
　»Oh Mann, das ist ja wie in einem coolen Horrorfilm!« Theo, der die ganze Zeit mit ein paar Jungs gequatscht hat, gesellt sich zu uns. Als wir ein lautes Knarren hören, muss ich an mich halten, um mich nicht einfach umzudrehen und einen Blick auf das zu werfen, was da gerade hinter uns passiert. Den anderen scheint es ähnlich zu gehen, denn ein paar Köpfe drehen sich neugierig zur Seite, wie ich im Dämmerlicht erkennen kann, aber da donnert Frau Sauerbrei auch schon los: »Köpfe nach vorn, sonst gibt es Ärger, und zwar richtig!«
　Noch einmal knarrt es, dann hört man ein lautes Rumsen. Im gleichen Moment geht eine der Kerzen aus. Ein Windhauch! Irgendwie muss Luft in die Folterkammer geraten sein, und da hier kein Fenster ist, das man hätte öffnen können ...
　»So, jetzt dürft ihr euch umdrehen.«
　Ein Geheimgang!
　»Wie cool ist das denn?« Theo ist der Erste, der vor der dunklen Öffnung steht und neugierig hineinspäht.

»Eine Treppe führt nach unten«, stellt Theo fest. »Von wegen, das Bett ist massiv gemauert! Da steckt irgendeine Mechanik drin!« Theo hat recht. Im Boden hat sich eine große Öffnung aufgetan, und es sieht so aus, als hätten sich die Steine komplett ins Bett geschoben.

Jetzt reden wieder alle aufgeregt durcheinander und drängen zu der Stelle hin.

»Ruhe!« Frau Sauerbrei macht eine bestimmende Handbewegung. »Ich weiß, dass das ganz schön spannend ist, und das auch noch gleich am ersten Tag, aber

wir gehen da jetzt ganz ruhig einer nach dem anderen hinunter. Ihr könnt eure Handys als Taschenlampen benutzen und damit die Stufen beleuchten. Es ist dunkel dort unten, aber nicht gefährlich. Ihr braucht also keine Angst zu haben.«

»Wir sollen da runter? Warum gehen Sie denn nicht allein vor, wir warten hier und Sie machen uns dann die Tür von außen wieder auf?« Fleur! Bestimmt hat sie Schiss, sich ihre weißen Jeans schmutzig zu machen.

»Weil ich meine Aufsichtspflicht verletze, wenn ich euch hier allein lasse. Wir gehen also alle zusammen, ohne Ausnahme. Ich mache den Anfang, ihr folgt mir der Reihe nach. Dann gehe ich noch einmal nach oben, um zu kontrollieren, ob auch wirklich alle die Folterkammer verlassen haben. Erst dann marschieren wir gemeinsam los. Ich gehe zum Schluss, damit niemand zurückbleibt. Larissa, du bleibst bitte bei mir. Wer von euch traut sich denn, die Führung zu übernehmen? Es geht nach den Stufen immer nur geradeaus, man kann sich also nicht verlaufen.«

Theo sieht mich an. Und ich schaue Shanti an.

»Sollen wir?«, fragt sie.

»Wir gehen vor!«, sage ich laut. »Kann ich mir eine der Kerzen von der Wand nehmen?«

Fledermausalarm

»Wir gehen eindeutig Richtung Westen«, sagt Theo.

Ich habe null Orientierungssinn. Es hat damals Wochen gedauert, bis ich mich in meiner Schule in Bottrop zurechtgefunden habe. Hätte ich Kira nicht gehabt, hätte ich mich wahrscheinlich ständig in den vielen Gängen verlaufen. Deswegen kann ich mit Theos Information wirklich gar nichts anfangen.

»Hä?«, fragt Shanti. »Und was heißt das?« Wenigstens scheint es ihr auch so zu gehen. Sie hat ebenfalls keinen Plan, wovon Theo da gerade spricht.

»Die Folterkammer dürfte ungefähr unter der Aula liegen. Wisst ihr noch? Wir sind erst den langen Gang rechts entlang zum Kerker gegangen, dann einmal abgebogen ... Ja, genau unter der Aula.«

»Aha.« Ich verstehe immer noch nicht, worauf Theo hinauswill.

»Die Aula befindet sich im hinteren Teil des Schlosses«, sagt er. »Und da wir jetzt nach Westen gehen, müssten wir eigentlich irgendwo in der Nähe der kleinen Kapelle rauskommen.«

»Ich war noch nie hier«, erkläre ich.

»Ich schon. Neben der Kapelle hat der Fährmann seinen Garten, in dem steht hinten ein großer Schuppen. Und woher weißt du, dass das Grundstück im Westen der Insel liegt?« Interessiert sich Shanti jetzt wirklich für Himmelsrichtungen oder tut sie nur so?

»Ist doch egal«, sage ich und seufze laut auf. »Ich hoffe nur, wir sind bald hier raus.« Der Weg ist ganz schön lang. Wir gehen jetzt bestimmt schon fünf Minuten auf festgetrampelter Erde durch den geheimen Gang, der mittlerweile etwas breiter geworden ist und nur durch meine Kerze und die vielen Handys beleuchtet wird. Das ist ja auf der einen Seite total aufregend und spannend, aber ehrlich gesagt ist mir überhaupt nicht wohl bei dem Gedanken, dass hier irgendwo ganz in der Nähe der Rhein entlangfließt – ich hoffe, nicht im Westen! Ich meine, ich kann ja ganz gut schwimmen, aber wenn das Wasser uns hier unten entgegenkommt... Schnell schiebe ich den Gedanken ganz weit weg.

»Ist bestimmt nicht mehr weit«, flüstert Shanti.

Komisch, dass hier alle ganz leise sprechen. Auch die anderen unterhalten sich nur gedämpft. Noch nicht einmal Xenia oder Fleur kann man aus dem leisen Stimmengewirr heraushören. Ich bin also anscheinend nicht die Einzige, der nicht ganz wohl bei der Sache ist.

»Es geht leicht bergauf, merkt ihr das?« Nur Theo scheint überhaupt nicht mulmig zumute zu sein. »Wir sind bestimmt gleich da.«

Er hat recht! Nach ein paar Metern stehen wir plötzlich vor einer Holztür, die durch einen Riegel verschlossen ist.

»Jetzt gehe ich vor«, ruft Frau Sauerbrei von hinten. Alle treten schnell zur Seite, damit sie mit Larissa nach vorn kommen kann. Und dann geht alles ganz schnell: Frau Sauerbrei schiebt den Riegel zur Seite und während sie die die Tür öffnet ... flattern uns unzählige Fledermäuse um die Ohren.

»Heilige Scheiße! Wo kommen die denn auf einmal her?«, ruft Theo und dann schreien alle wild durcheinander. Ich lasse die Kerze fallen und halte mir schützend die Ohren zu. Alle rennen an mir vorbei, um möglichst schnell durch die Tür in den nächsten Raum zu kommen, weg aus dem dunklen Gang, weg von den Vampirtierchen. Als endlich auch die letzte Schülerin an mir vorbei ist, kann ich mich keinen Zentimeter mehr bewegen. Stocksteif stehe ich da. Ob ich einen Schock habe?

Du musst hier raus, denke ich, einen Schritt nach dem anderen tun ... Aber ich bleibe einfach stehen. Ich bin normalerweise wirklich keine Schissbuxe, fürchte mich weder vor Dunkelheit noch vor Fledermäusen. Im Gegenteil, ich finde sogar, dass die ganz niedlich aussehen, zumindest einzeln und bei Tageslicht betrachtet. Aber so im Dunkeln und in der Masse sind sie echt gruselig.

Es sind nur ungefähr drei Meter bis zur Tür. Ich bin ganz allein, alle anderen sind schon durch. Ob denen überhaupt auffällt, dass ich nicht mehr da bin? Ich kann mich noch immer nicht bewegen, doch dann schließe ich die Augen und sehe plötzlich Kira, Luca und Noah vor mir.

»Pau-li-na, Pau-li-na, Pau-li-na, du schaffst das!«, rufen sie.

Ich schüttle mich ein bisschen, straffe die Schultern, dann renne ich los.

»Was war denn los? Wo warst du noch so lange?«, fragt Theo, als ich wieder bei ihnen bin.

»Wahrscheinlich ist das Sensibelchen in Ohnmacht gefallen.« Fleur, die Pissnelke! Das sagt ausgerechnet die, die als Erste laut kreischend an mir vorbeigerannt ist. Ich überlege gerade, was und ob ich überhaupt darauf antworten soll, da springt Shanti für mich in die Bresche.

»Hässliche Gedanken machen hässlich«, wirft sie in den Raum.

»Waaas?« Jetzt ist es Xenia, die der Bewusstlosigkeit gefährlich nahe kommt. Es ist zu dunkel, um es erkennen zu können, aber ich bin mir sicher, dass ihre Gesichtsfarbe gerade in tiefes Rot übergeht.

»Hässlich? Das sagst ausgerechnet du? Ist dir schon mal aufgefallen, wie unmöglich du rumläufst?«, kontert Fleur, doch das interessiert Shanti gar nicht.

»Es gibt ja wohl Wichtigeres als Klamotten«, erklärt sie ruhig, zieht mich zur Seite und lässt sie einfach stehen.

»Mann«, sagt sie, »die beiden Uschis gehen mir wirklich auf den Keks.«

»Bei uns nennt man sie Lisas.« Ich muss lachen. »Aber Uschis passt irgendwie auch.«

Endlich komme ich dazu, mich mal umzuschauen. Ich habe keinen Schimmer, in welchem Keller wir uns gerade befinden.

»Wir sind unter der Kapelle«, erklärt Shanti. Durch zwei kleine vergitterte Fenster fällt etwas Licht, sodass man wenigstens schemenhaft etwas sehen kann. An der Wand sind große Käfige gestapelt, die mir irgendwie bekannt vorkommen.

»Ob die für die Fledermäuse sind?«, fragt Shanti.

»Nein, das sind Taubenkäfige«, sage ich. »So welche hat mein Opa auch. Fledermäuse sind doch frei und hängen unter der Decke, wenn sie schlafen, mit dem Kopf nach unten.«

Wir kommen nicht mehr dazu, uns weitere Gedanken über die Vampirtierchen zu machen, denn Frau Sauerbrei öffnet eines der Fenster und sagt:

»Hoffentlich hört uns jemand. Am besten, wir rufen alle zusammen, damit es ordentlich laut wird. Ich zähle bis drei, dann legen wir los, okay?«

»Vielleicht funktionieren die Handys ja auch wieder«, schlage ich vor.

»Gute Idee!« Frau Sauerbrei streckt fordernd die Hand aus, doch ich zucke nur entschuldigend mit den Schultern.

»Hier!« Theo hält ihr sein Telefon direkt unter die Nase. Als Frau Sauerbrei zugreifen will, taucht plötzlich ein Kopf mit grauen Haaren und eisblauen Augen am Fenster auf. Erschrocken zuckt Frau Sauerbrei zusammen.

»Der Fährmann«, flüstere ich.

»Was ist denn hier los?«, donnert er und sein Kopf verschwindet wieder.

Nur kurz darauf öffnet sich die Kellertür, Erleichterung macht sich breit und wir steigen die Treppe nach oben. Tatsächlich kommen wir oben in der Kapelle raus. Sie ist nicht sehr groß, auf jeder Seite befinden sich nur fünf Bankreihen.

»Lasst uns mal durch.« Frau Sauerbrei geht drängelnd mit Larissa nach draußen. Wir folgen ihnen und sind endlich auch wieder an der frischen Luft. Die Sonne steht hoch am Himmel, wir haben bestimmt schon ein Uhr.

»Soll ich im Schloss anrufen, dass sie dein Spray herbringen?«, fragt Frau Sauerbrei Larissa, die immer noch tief ein- und ausatmet.

»Nein danke, es geht schon. Das war nur die stickige Luft dort unten. Gleich ist wieder alles ganz normal.«

Frau Sauerbrei sieht zwar noch etwas besorgt aus, aber sie nickt ihrer Schülerin lächelnd zu.

Dann stellt sie uns unseren Retter, Herrn Naunheim, vor, den wir ja schon alle kennen, weil er uns zur Insel gebracht hat. Eigentlich ist sein Beruf Fähr*führer*, wie uns Frau Sauerbrei erklärt. Außerdem kümmert er sich noch um das Bootshaus mit den Kajaks und den Angelclub.

Shanti hatte recht. Der Garten mit dem Schuppen hinter der Kapelle gehört ihm. Und wir hätten dort nichts zu suchen, wie er gerade zum dritten Mal wiederholt. Genauso wenig wie in einem der Geheimgänge unter dem Schloss, deren Begehung sehr gefährlich sei. Herr Naunheim sieht richtig streng aus, als es das sagt. Aber ich habe ganz genau gesehen, dass er Frau Sauerbrei kurz zugezwinkert hat, bevor er mit seiner Schimpftirade losgelegt hat. Bestimmt ist er ganz nett und tut jetzt nur so böse, damit wir gar nicht erst auf dumme Gedanken kommen. Aber die Taktik geht voll nach hinten los.

»Habt ihr das gehört?«, flüstert Theo aufgeregt. »Gänge! Es gibt also mehrere davon.«

Mir persönlich hat der eine heute voll und ganz gereicht. Fehlt mir noch, dass ich freiwillig hier unter dem Schloss rumschleiche.

»Was meint ihr, vielleicht gibt es sogar einen, der unter dem Rhein hindurch ins Dorf führt?« Theo ist gar nicht mehr zu bremsen, so begeistert ist er. Hat wohl zu viele Detektivromane gelesen.

»Glaub ich nicht, der müsste ja dann verdammt tief nach unten führen«, sagt Shanti.

»Ich würde zu gern wissen, woher die ganzen Fledermäuse kamen. Die müssen ja irgendwie in den Keller reingekommen sein«, überlegt Theo. »Durch die Tür sind sie auf jeden Fall nicht geflogen. Das Licht hat die Biester aufgeweckt, so viel steht schon mal fest. Bestimmt gibt es noch einen weiteren Gang in der Nähe der Tür.«

Die Sache mit den Geheimgängen interessiert mich nicht wirklich, ich würde viel lieber wissen, wem die Taubenkäfige da unten im Keller gehören. Herr Naunheim unterhält sich gerade mit Frau Sauerbrei. Ob ich einfach mal dazwischengehe und frage? Warum eigentlich nicht.

»Bin gleich wieder da.« Kurz darauf schaue ich in zwei freundliche braune Augen – die meiner Lehrerin – und in zwei strenge eisblaue. Ob er doch nicht so nett ist, wie ich vermutet habe?

Herr Naunheim

»Paulina, was ist?«, fragt Frau Sauerbrei. »Hast du unseren Ausflug gut überstanden?«

»Ja. Ja, schon.« Ich wende mich an den Fährmann. »Ich wollte nur mal fragen, ob Sie wissen, wem die vielen Taubenkäfige da unten im Keller gehören?«

»Warum interessierst du dich denn dafür?« Die eisblauen Augen taxieren mich unnachgiebig.

»Ach, nur so. Sie sind mir einfach aufgefallen. Mein Opa hat nämlich auch Tauben.« Ich überlege einen kurzen Moment, ob ich auch von meinen eigenen erzählen soll. Wenn schon, denn schon! »Und ich habe auch welche, drei ganz genau genommen.«

»Soso, eine Taubenfreundin.« Auf einmal sieht Herr Naunheim gar nicht mehr abweisend und mürrisch aus. Er lächelt sogar. Hatte ich mich doch nicht getäuscht!

»Es sind meine alten. Ich habe sie ausrangiert, konnte mich aber noch nicht dazu überwinden, sie wegzuschmeißen.«

»Herr Naunheim ist für seine Taubenzucht bekannt, Paulina. Er hat schon einige Wettbewerbe gewonnen«, mischt sich Frau Sauerbrei wieder in das Gespräch ein.

»Echt?«, sage ich bewundernd. »Davon träumt mein Opa schon lange!«

»Dann komm mich doch nächste Woche mal besuchen, wenn alles ruhiger wird und die Einführungsveranstaltungen hinter euch liegen. Die Tauben sind übrigens hinter dem Gartenhaus. Du kannst sie gar nicht verfehlen.«

»Ja, gerne.« Dass ich dann gar nicht mehr hier bin, habe ich einen kurzen Moment vergessen, doch dann fällt es mir wieder ein. Kira wartet auf mich. Und Lady Gaga auch! Ich sehe also zu, dass ich schleunigst Land gewinne, und geselle mich wieder zu Shanti und Theo. Zu denen ist mittlerweile auch Larissa gestoßen, der ihr Schwächeanfall von vorhin sichtlich peinlich ist. Jetzt im Licht gesehen wirkt sie gar nicht mehr so blass und unscheinbar wie unten in der Folterkammer. Sie hat ihr kurzes schwarzes Haar mit Gel zu einem Seitenscheitel frisiert. Trotzdem sieht sie nicht aus wie ein Junge. Im Gegenteil, sie wirkt irgendwie fast elegant mit ihren langen Beinen und ihrer aufrechten Haltung.

»Das ist mir dermaßen unangenehm, das könnt ihr euch nicht vorstellen! Ich hab mein Spray sonst immer dabei. Und ausgerechnet heute vergesse ich es.«

»Ach was«, feixe ich. »Ohne dich hätten wir den Geheimgang wahrscheinlich nie zu sehen bekommen! Theo wird dir auf immer und ewig dankbar sein. Er hat jetzt noch ganz glasige Augen vor Aufregung.«

Theo versetzt mir spielerisch einen Seitenhieb.

»Außerdem, wer weiß, wann die beiden Idioten uns endlich befreit hätten«, pflichtet Shanti mir bei.

Theo reagiert sofort. »Was meinst du damit? Welche *beiden Idioten?*«

»Shanti und ich haben vorhin auf dem Weg zur Folterkammer zwei Gestalten bemerkt, die sich im Gang versteckt hielten«, erkläre ich. »Zuerst dachte ich, sie wollten uns nur irgendwie erschrecken. Ich konnte ja nicht ahnen, dass sie uns einsperren und nicht wieder rauslassen würden.«

»Habt ihr sie erkannt?«

»Nein«, sagt Shanti, »wir haben kaum was gesehen. Die waren ganz in Schwarz gekleidet und hatten sich ihre Kapuzen tief in die Gesichter gezogen.«

Mir fallen zwar die dunklen Locken wieder ein, aber das behalte ich im Moment für mich. Ich bin ja sowieso bald wieder weg hier. Am besten, ich halte mich aus der Angelegenheit raus. Auf Stress mit anderen Schülern habe ich überhaupt keine Lust. Es reicht schon, dass ich mich hier mit Fleur rumärgern muss. Die dunklen Augen kommen mir plötzlich noch einmal in den Sinn. Die waren echt eindringlich. Irgendwie habe ich gerade das komische Gefühl, die Typen könnten uns beobachten.

Ich drehe mich zur Kapelle um, aber ich kann niemanden sehen.

Zicken inklusive

»Boah, Kira, bin ich froh, deine Stimme zu hören!«
»Ich bin auch da!«, höre ich im Hintergrund.
»Und ich auch!«
Ich hab Kira am Telefon, und so wie es scheint, sind Luca und Noah bei ihr. Nur ich bin so weit weg ...
»Wo seid ihr denn?«, frage ich und muss unwillkürlich schlucken.
»In der Villa«, sagt Kira.
»Habt ihr's gut! Da wäre ich jetzt auch gern.«
Die Villa steht im Schrebergarten von Kiras Opa. Er hat uns die kleine Holzhütte überlassen und wir mähen dafür ab und zu seinen Rasen oder jäten Unkraut. Wir haben die Hütte knallrot angepinselt und Kira hat mit weißer Farbe *Die Villa* draufgeschrieben. Wir haben sie eingerichtet und es uns richtig gemütlich darin gemacht. Wir sind stolze Eigentümer eines alten Tisches und mehrerer Getränkekisten, die wir mit Kissen auf-

gepeppt haben und als Hocker dienen. Vier übereinandergestapelte Matratzen halten als Sofa her. Und letzte Woche haben wir sie zum ersten Mal auch zum Schlafen benutzt, sie passen gerade so nebeneinander in die Hütte. Unsere Eltern haben uns allen erlaubt, in der Villa zu übernachten, sogar Kiras Mutter – und die ist normalerweise echt streng in solchen Sachen. Auf jeden Fall haben wir dort meinen Abschied gefeiert, die ganze Nacht kein Auge zugemacht und die Drei-Tage-Strategie ausgeheckt. Sollte sie nicht funktionieren, wollen Kira, Luca und Noah mich notfalls mit Gewalt aus dem Internat befreien. Besonders Luca hat Spaß an dem Gedanken, mich aus dem Schloss zu entführen – wie eine echte Prinzessin. Fehlt nur der Gaul, mit dem wir dann gemeinsam abhauen – oder besser gesagt: das Ruderboot.

»Ist ja nicht mehr lange«, versucht Kira mich gerade zu trösten.

»Und? Wie isses so ohne uns?« Luca scheint Kira den Hörer aus der Hand genommen zu haben.

»Na, wie schon? Doof natürlich! Das Einzige, was hier echt gut zu sein scheint, ist das Essen. Das gibt es jeden Mittag vom Büfett. Das heißt, alles wird aufgetischt, und man kann sich selbst aussuchen, was man essen will. Es gab Nudeln mit verschiedenen Soßen, dazu noch mehrere Salate. Dafür machen wir das Abendessen immer selbst in den Wohnhäusern. Da kochen dann je vier Leute für alle anderen. Und einen Einkaufsdienst gibt es auch.«

»Cool, da würde ich auch mitmachen«, sagt Luca. »Wir grillen übrigens gerade Mais auf Stöcken. Voll lecker.«

»Gib mir mal mein Handy zurück und lass Paulina endlich erzählen, was da so los ist im Internat«, sagt Kira, und ich höre, wie sie wieder übernimmt. »Wie gefällt es dir denn bei den Reichen?«

»Boah, du kannst dir nicht vorstellen, wie behämmert die hier alle sind! Das fängt schon mit den Namen an. Die heißen hier Fleur und Xenia ... Oder noch besser: Shanti Anu-ra-soundso. Sie ist die Beste von allen: total durchgeknallt! Isst nichts, was mal Augen hatte, liebt den Frieden und läuft rum wie die kleine Ylvie. Außerdem hat sie ...« Ich komme nicht mehr dazu, den Satz zu beenden.

»Es heißt Ragi, Anu-*ragi*. Und wie gesagt, ich mag meinen Namen. Außerdem tu ich wenigstens nicht einfach nur so, als wäre ich nett. Ich bin es. Ganz im Gegenteil zu dir, so wie sich das anhört! Das hätte ich echt nicht von dir gedacht.«

»Wer war das denn?«, fragt Kira an meinem Ohr.

Shanti! Sie steht vor meinem Fenster und sieht mich vorwurfsvoll an. Sofort habe ich ein total schlechtes Gewissen. Ich weiß nicht, warum ich sie gerade so schlechtgemacht habe. Eigentlich finde ich sie ja sogar ganz sympathisch.

Und genau genommen müsste ich das jetzt sofort klarstellen, aber irgendwie ist es mir total peinlich.

»Hast du mich etwa belauscht?«, frage ich stattdessen und lasse das Handy sinken.

»Pah«, macht Shanti. »Eigentlich wollte ich dich fragen, ob du dir mit mir die Insel angucken willst. Aber das hat sich ja gerade erledigt. So wie sich das anhört, hast du an meiner Gesellschaft bestimmt gar kein Interesse.«

»Paulina, wer war das?«

Shanti dampft wütend ab und ich habe noch immer Kira am Telefon.

»Eine von denen, über die ich gerade hergezogen habe, Shanti. Sie hat gehört, was ich gesagt habe.«

»Ups! Na ja, sei froh, dass du da bald wieder weg bist.«

Und während Kira weiterredet, macht sich in meiner Bauchgegend ein ganz blödes Gefühl breit. Und das geht auch nicht weg, als sie mir von unserer Schule erzählt und was sich dort in unserer Klasse alles geändert hat. Wie nicht anders erwartet, ist die Blumenthal immer noch unsere Klassenlehrerin. Aber wir haben einen süßen Referendar bekommen, der Sport unterrichtet. Lisa & Co haben ihn in der Pause auf dem Schulhof schon ordentlich angeschmachtet. Außerdem haben wir eine neue Biologielehrerin.

»Und der Hammer ist – die macht Sexualkunde mit uns!« Kira lacht. »Natürlich nur theoretisch! Du hättest mal die Jungs hören sollen. Die sind fast durchgedreht, als die Blumenthal uns das erzählt hat. Irgendeiner der Vollhorste hat ganz groß in der Pause SEX an die Tafel gekritzelt. Boah, die sind ja so was von kindisch! Zum Glück wird die Klasse geteilt, wir Mädels sind unter uns, wenn es ernst wird. Apropos Mädels, da ist auch ...«

»Ach, Kira!« Ich unterbreche meine Freundin einfach.

»Was ist los mit dir?«

»Ich weiß auch nicht. Am liebsten würde ich jetzt schon zurückkommen. Ich bin irgendwie gerade voll depri. Und wenn du von Bottrop erzählst, geht es mir noch schlechter.«

»Ach komm, die drei Tage schaffst du! Vielleicht darf ich ja am Wochenende bei dir übernachten. Dann holen wir alles nach. Was hältst du davon?«

»Hört sich gut an.«

»Ich heb dir einen Maiskolben auf«, ruft Luca im Hintergrund.

»Aber noch nicht grillen, sonst ist der ömm, bis Paulina wieder hier ist«, tönt Noah.

»Boah, ich bin doch nicht doof!«

»Ich mein ja nur ...«

Ich vermisse meine Freunde. Aber ehrlich gesagt ist es die Sache mit Shanti, die mir jetzt zu schaffen macht. Wir haben vier Uhr, also noch zweieinhalb Stunden Zeit, bis es Abendbrot gibt. Das bereiten heute laut Plan Lizzy und Nina zu. Die beiden haben angekündigt, uns ein bisschen was über das Leben hier im Internat zu erzählen. Außerdem sollen später im Esszimmer, das auch gemeinsamer Aufenthaltsraum ist, Kennenlernspielchen stattfinden. Das heißt, dass ich nachher auf jeden Fall noch auf Shanti treffen werde.

Den Abend kann ich mir stecken. Hunger habe ich sowieso nicht. Davon mal ganz abgesehen, wollte ich eh nichts essen und meine Heimwehshow starten. Das wird mir jetzt nicht mehr schwerfallen. Na ja, wenigstens ist Fleur gerade nicht im Zimmer. Die ist bestimmt irgendwo mit Xenia unterwegs. Wahrscheinlich checken sie schon die Lage, was die Jungs angeht. Komisch, dass es anscheinend überall solche Mädchen gibt. In der Internatsbeschreibung müssten Interessenten doch eigentlich vorgewarnt werden. *Internat Bernstein: Zicken inklusive* oder so ähnlich.

Ob ich auch eine Runde spazieren gehe? Ich schaue aus dem Fenster, da sehe ich Shanti, Theo und Larissa in Richtung Tor gehen. Mist! Shanti ist ganz sicher sauer auf mich. Und bestimmt hat sie den anderen schon brühwarm von meiner Schmährede erzählt...

Aber wozu soll ich über die blöde Insel streifen, wenn ich eh nicht hierbleibe? Unschlüssig lasse ich meinen Blick durchs Zimmer schweifen und ziehe schließlich den Koffer unterm Bett hervor, um Waschzeug und Schlafanzug rauszuholen. Mit irgendwas muss ich mich ja beschäftigen. Wenn ich wenigstens ein Buch mitgenommen hätte! Dann könnte ich jetzt lesen. Ich klappe den Koffer auf und halte überrascht inne. Oben auf meinen Klamotten liegen drei unterschiedlich große Päckchen, die ich vorher nie gesehen habe. Zwei davon sind ordentlich in Geschenkpapier eingepackt und mit Schleifchen geschmückt, das dritte ist einfach in einen Bogen eingewickelt und mit einer Kordel zugebunden. So unordentlich, wie es aussieht, muss es von Katta sein. Die hat noch nie ein Händchen für schöne Verpackungen gehabt. Neugierig wickele ich das Päckchen aus. Schwimmflügel!!! Und ein Brief von meiner Schwester:

*Allerliebste Prinzessin Wischmopp,
ich dachte, die kannst du vielleicht gebrauchen,
nur für den Fall, dass du doch türmen willst.
Cat*

Blöde Funze! Obwohl ... die Idee ist eigentlich ganz witzig. Immerhin hat Katta sich Gedanken gemacht.
    An einem der beiden anderen Geschenke heftet ein kleiner Zettel:

Von Mutsch für Paulina. Hab dich lieb!!!

Es ist ein dickes Buch mit vielen leeren Blättern. Der Einband ist mit dunkelrotem Stoff beklebt, auf den jemand in großen Buchstaben MANUSKRIPT gestickt hat. Sieht ganz so aus, als hätte Mutsch das selbst gebastelt. Es ist auf jeden Fall wunderschön! Ich bin ganz gerührt.
    Im dritten Päckchen, dem kleinsten von allen, finde ich einen roten Füllfederhalter mit einer goldenen Feder – und einen Brief.

Unsere Paulina wird erwachsen ...
Wir vermissen dich jetzt schon ganz fürchterlich, sind gleichzeitig wahnsinnig stolz auf dich.
Du wirst einmal eine tolle Schriftstellerin werden.
In Liebe Papa

Früher hat man alle Bücher mit der Hand geschrieben. Und irgendwann wurde der Buchdruck erfunden, dann die Schreibmaschine – und noch viel später der Computer. Ein Manuskript ist so etwas wie die Vorlage für ein Buch. Das weiß ich aus meiner Schreib-AG. Heute tippen die meisten Schriftsteller ihre Manuskripte allerdings in den PC. Viele, viele Seiten, die dann gesetzt und zu einem Buch gedruckt werden.

Ich schlage die erste Seite von meinem Buch auf. Sie ist noch schneeweiß. Dann drehe ich vorsichtig den Füller auf. Die Feder sieht noch ganz unbenutzt aus. Ich bin die Erste, die damit schreibt ...

Paulinas Manuskript, möchte ich auf die erste Seite schreiben, aber es fließt keine Tinte aus der Feder. Eine Patrone ist drin. Ob ich mal kräftig schütteln soll?

Ein Klecks! Na ganz toll. Heute ist aber auch wirklich nicht mein Tag. Wütend starre ich auf die Tinte, die sich auf dem Papier ausbreitet. Und auf einmal habe ich eine Idee, der Klecks formiert sich zu Buchstaben und die Buchstaben werden zu Worten.

Ich setze mich an den Tisch und beginne zu schreiben.

Paulinas Klecksereien

Prinzessin Wischmopp hatte kein einfaches Leben. Ihre böse Schwester schikanierte sie von morgens bis abends. Jede freie Minute musste sie putzen, bis alles blitzte.
»Wischmopp? Wisch-mopp!«
»Ja, Pissnelke?«, fragte die Prinzessin.
»Hast du nicht gesehen, dass meine goldene Harfe mal wieder gesäubert werden muss?«
Prinzessin Wischmopp seufzte, aber sie wollte sich nicht widersetzen. Also steckte sie ihren Kopf in den Eimer mit dem Waschwasser, bis ihre Haare ganz durchnässt waren. Dann schüttete sie etwas Putzmittel darauf und machte sich sogleich ans Werk.
Ach, wäre ich doch mit Blüten auf dem Kopf geboren worden so wie meine Schwester, dachte sie traurig. Dann könnte ich den ganzen Tag an ihnen herumzupfen und mich im Spiegel bewundern. Aber sie war mit einem praktischen Wischmopp auf dem Kopf auf die Welt gekommen. Ihr Schicksal war also vorbestimmt.
Sie war gerade fertig, als die Mutter plötzlich in der Tür erschien.
»Wischmopp, stell dir vor, der König sucht für seinen Sohn eine Putzfee. Du bekommst im Schloss ein Stipendi-

um. Das heißt, dass du jeden Tag dort putzen darfst und dabei ganz viel über Staub und Schmutz lernst – und wir müssen dafür nichts bezahlen. Ist das nicht toll?«

»Im Fledermausschloss? Aber ...«

»Schon morgen geht es los«, unterbrach sie die Mutter. »Ich habe schon eine Kutsche für dich bestellt. Ach, ich freu mich ja so für dich, mein liebes, liebes Kind.«

Das Schloss war groß und düster – und es lebten dort auch eine ganze Menge eingebildeter Bewohner. Am schlimmsten war Lady Staubsauger. Sie dachte, sie sei etwas ganz Besonderes. Dabei machte sie ganz eigenartige, sehr unelegante Geräusche, wenn sie den Staub entfernte. Aber davon wollte sie nichts wissen.

Prinzessin Wischmopp beschwerte sich auch hier nicht. Jeden Tag steckte sie brav ihren Kopf in das Wasser und verrichtete ihre Arbeit.

Eines Tages aber fiel der Strom aus. Und das ausgerechnet an dem Tag, an dem abends ein großer Ball stattfinden sollte.

Lady Staubsauger gab entgegen ihrer Angewohnheit keinen Mucks von sich. Prinzessin Wischmopp aber hatte alle Haare voll zu tun. Sie wischte und putzte, bis auch das letzte Staubkorn verschwunden war.

Als die Gäste eintrafen, stellte sie sich leise in eine Ecke, betrachtete ihr Werk und lächelte still vor sich hin. Sie bemerkte vor Müdigkeit kaum den stattlichen Prinzen, der plötzlich vor ihr stehen blieb.

»Bist du Prinzessin Wischmopp?«, fragte er.

»Ja, die bin ich.«
»Ich bin Prinz Kehrschaufel und ich habe schon viel von dir gehört. Darf ich dich um den nächsten Tanz bitten?«
Prinzessin Pissnelke, die auf der Harfe ein Lied spielte, erblasste vor Neid, als sie sah, wie ihre Schwester dem schönen Prinzen die Hand reichte und sie sich im Gleichklang zur Musik bewegten ...

»Paulina, wo bleibst du denn? Wir haben schon nach halb sieben. Alle warten auf dich!« Lizzy steht in der Tür und schaut mich vorwurfsvoll an. Beim Schreiben habe ich tatsächlich die Zeit vergessen. Und alles andere um mich herum auch. Erschrocken klappe ich das Buch zu und springe auf.

»Ich hab gar keinen Hunger«, sage ich.

»Ach, der kommt bestimmt beim Essen. Los, mach schon.«

»Na gut ...« Lustlos schleiche ich hinter Lizzy her.

»Was ist denn los? Ist dir eine Laus über die Leber gelaufen? Du warst doch vorhin noch so gut drauf.«

Die Strategie. Jetzt ist genau der richtige Moment dafür.

»Ach, ich weiß auch nicht. Ich fühl mich einfach nicht so gut.«

»Hast du Heimweh? Jetzt schon? Das geht bestimmt bald vorbei. Wart mal ab, wenn du die anderen erst richtig kennengelernt hast, wird es dir verdammt gut hier gefallen.«

Das geht ja einfacher als gedacht. »Meinst du?« Wehleidig seufze ich auf. »Ich weiß nicht ...«

»Ganz sicher.«

Es gibt Brot, geschnibbeltes Gemüse, Käse, Wurst und einen riesigen Obststeller. Drei Tische wurden zu einem großen zusammengeschoben, und es gibt nur noch einen freien Stuhl neben Larissa, die mir fröhlich zuwinkt.

»Ich hab dir einen Platz frei gehalten!«

Erleichtert atme ich auf. »Danke!«

Shanti sitzt auch neben Larissa, auf der anderen Seite. Sie ignoriert mich, scheint Larissa aber nichts erzählt zu haben.

»So, und jetzt nehmen sich bitte alle bei den Händen und sagen: *Piep, piep, piep, wir haben uns alle lieb! Jeder esse, was er kann, nur nicht seinen Nebenmann.*«

Was soll das denn???

»Ernsthaft jetzt?«, fragt ein Mädchen, das am anderen Tischende sitzt und genauso entsetzt dreinschaut wie ich. Ich bin mir nicht ganz sicher, aber ich glaube, dass sie Aleyna heißt.

»*Nebenfrau*, wenn, dann müsste es Nebenfrau heißen«, stellt Shanti klar.

Ich greife nach Larissas Hand. Und auch nach der meiner anderen Sitznachbarin. Sogar Fleur und Xenia sitzen Hand in Hand am Tisch, als Lizzy und Nina herzhaft anfangen zu lachen.

»Haut rein!«, erklärt Nina. »Lasst euch nicht von zwei alten Hasen veräppeln.«

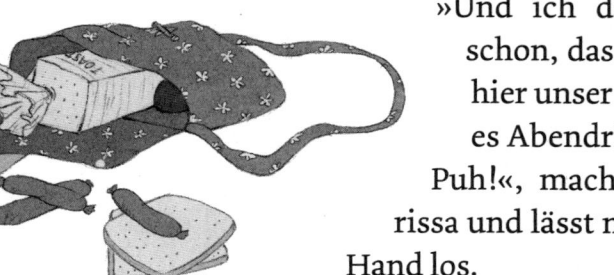

»Und ich dachte schon, das wäre hier unser neues Abendritual. Puh!«, macht Larissa und lässt meine Hand los.

Jetzt bekomme ich doch irgendwie Hunger. Es gibt Vollkornbrot, aber auch normales Graubrot. Alle greifen herzhaft zu, nur ich nicht. Ich nage zaghaft an einem Stückchen Paprika. Dabei denke ich an den Proviant in meinem Koffer, den Kira mir mitgegeben hat: Mettwürstchen, Toast, Äpfel und Schokolade.

»Du isst ja gar nichts«, stellt Larissa fest und sieht mich besorgt an.

»Kein Hunger.«

»Du musst aber essen, sonst geht es dir irgendwann vielleicht wie mir. Ich habe eine ganze Zeit lang so gut wie gar nix gegessen. Das ist total ungesund. Ich kam mit dem ganzen Stress überhaupt nicht klar. Ich hab Leistungssport gemacht – Turnen. Dann kam das Asthma. Jetzt bin ich total froh, dass ich hier bin und keine Wettkämpfe mehr habe.«

»Turnen? Dann wirst du wenigstens keine Probleme bei der Eisenhardt haben. Die macht hier rhythmische Sportgymnastik ...« Ich bin froh, dass ich neben Larissa sitze und sie mit mir redet.

Nach dem Essen klopft Lizzy mit einem Löffel gegen ihr Glas. »So«, sagt sie, »eure direkten Sitznachbarinnen scheint ihr ja schon zu kennen. Gleich räumen wir alle zusammen ab, aber vorher seht euch bitte die Person an, die zwei Plätze von euch entfernt sitzt, und zwar zu eurer Linken. Mit ihr arbeitet ihr im ersten Kennenlernspiel zusammen.« Ich schaue an Larissa vorbei und sehe Shanti ins Gesicht. Mist, das wird ja spaßig werden …

Der Froschkönig

»Shanti, es tut mir leid, was ich da vorhin am Telefon gesagt habe.« Der erste Schritt ist geschafft. »Ich meine, das war echt nicht so gemeint. Da war meine beste Freundin dran. Sie fehlt mir, weißt du. Und da ... ach, ich weiß auch nicht. Aber ich find dich echt nett, wirklich.«

Frau Blumenthal sagt immer, wenn man Mist gebaut hat, soll man ehrlich sein und es zugeben, dann ist es halb so schlimm. Ich hoffe, dass sie recht hat, denn im Moment fühle ich mich gar nicht wohl.

»Schwamm drüber!« Shanti lächelt mich an.

Puh! Erleichtert atme ich auf.

Da sagt Shanti: »Ich verzeihe dir, ganz im Sinne von Buddha. Wir können ja nachher gemeinsam ein Mantra singen und ein bisschen im Kreis tanzen.«

Ob Shanti vielleicht doch nicht ganz dicht in der Birne ist? Ich überlege, was ich darauf antworten soll, da fängt sie an zu lachen. »Das war ein Scherz! Und jetzt lass uns anfangen. Also, verrate mir mal was über dich. Dass du aus Bottrop kommst, weiß ich ja schon. Und dass du das Stipendium gekriegt hast, hat ja jeder hier mitbekommen. Hast du irgendeine Hochbegabung oder so?«

Ja, eine absolute Hochbegabung für Pech, sonst wäre ich jetzt nicht hier, aber das erzähle ich Shanti nicht.

»Ich kann ganz gut schwimmen ...«, sage ich zögerlich.

Ziel des Gesprächs ist es, etwas von unserer Partnerin zu erfahren, um sie dann dem Rest der Klasse vorzustellen. Anschließend sollen wir in maximal zwei Sätzen aufschreiben, ob die Person einen Spitznamen hat, was sie mag – und später mal werden will.

Nach über einer Stunde hängt das Ergebnis an einer riesigen Pinnwand über der Couch, sodass wir alles noch mal in Ruhe nachlesen können.

Mädels in Italien ☺

Paulina Pempelfurt *liebt den Ruhrpott, Pommes mit Currywurst und Lady Gaga (das ist ihre Brieftaube!). Sie möchte mal Schriftstellerin werden.*
Shanti Anuragi Bauer *ist Vegetarierin und isst für ihr Leben gern Mangos, Kokosnüsse und Milchreis mit Zimt und Zucker. Sie möchte später für Greenpeace arbeiten und am liebsten die ganze Welt retten.*
Larissa-Lieselotte (Larissa) von Gerstenberg *freut sich darauf, hier einfach nur faul sein zu*

dürfen. Sie weiß noch nicht genau, was sie mal werden möchte, es soll aber rein gar nichts mit Sport zu tun haben.
Jana Krüger *liebt Musik über alles. Sie will später mal einen Gesangswettbewerb im Fernsehen gewinnen und ganz groß rauskommen. (Ihre Eltern wissen noch nichts von ihren Popstarplänen, deswegen: Pssst!)*
Aleyna Impram *interessiert sich für Mode und schneidert zum Teil ihre Kleidung selbst. Sie weiß jetzt schon, dass sie mal Modedesignerin werden wird.*
Marie van der Lier *liest unheimlich gern. Sie will später mal eine erfolgreiche Anwältin sein.*
Gloria Brock *feiert viel und freut sich schon auf wilde Partys hier im Internat. Sie wird mal Hotelmanagerin in der Hotelkette ihrer Eltern.*
Fleur Lilienthal *interessiert sich nur für sich selbst. Sie lebt später vom Geld ihrer Eltern, bekommt viele Falten und heiratet deswegen einen Schönheitschirurgen ...*
Okay, das steht da nicht. Das habe ich hier nur reingeschmuggelt. Vielmehr heißt es:
Fleur Lilienthal reist am liebsten in fremde Länder und spricht fließend Französisch und auch ein bisschen Italienisch. Sie möchte mal Diplomatin werden.
Xenia Bamberger *liebt Fernesehserien, in denen es um Liebe und Intrigen geht. Sie will unbedingt eine erfolgreiche Schauspielerin werden.*
Miu Cheong *hat sich in deutsches Essen verliebt. Deswegen will sie später unbedingt mal ein deutsches Spezialitätenrestaurant in Korea eröffnen.*

Isabelle (Isa) Bernburger *macht Wasserballett, und wer darüber lacht, bekommt gewaltig Ärger mit ihr. Sie möchte später mal Lehrerin werden, und wer darüber lacht, bekommt gleich wieder Ärger mit ihr!*
Viktoria (Vicky) Förster *vermisst Luna, ihre wunderschöne Araberstute. Sie wird später auf jeden Fall das Gestüt ihrer Eltern weiterführen.*
Nina Kaltheim *ist unheimlich stolz darauf, dass sie hier Housesitterin sein darf. Sie möchte später unbedingt etwas Kreatives machen, vielleicht in einer Werbeagentur.*
Christin-Marie (Lizzy) Liesberg *ist volle Lotte in Tim verknallt (was sie niemals zugeben würde). Ihre Eltern haben ihr verboten, Tätowiererin zu werden (Scherz), deswegen wird sie mal Ärztin.*

»Boah, musste das sein?« Lizzy zieht Nina lachend an den Haaren. »Ich bin nicht in Tim verliebt!«

»Ja, ja ...«

»Er ist einfach nur mein bester Freund!«

»Hm ... und deswegen hast du ihm auch das Küssen beigebracht.«

Oh je, hier also auch. Irgendwie muss ein Virus umgehen, der alle nach und nach liebeskrank werden lässt. In unserer Klasse waren vor den Sommerferien gleich drei Mädchen verliebt – und zwar alle in denselben Jungen. Und dann kam eine Neue in die Parallelklasse, mit langen blonden Haaren. Und Marcel hat sich ausgerechnet für sie entschieden. Da war was los! Ich versteh die ganze Aufregung bis heute noch nicht. Marcel hat voll das Mondgesicht und ist außerdem total Panne im Kopf! Ganz ehrlich.

Lizzy greift noch mal nach Ninas Haaren. »Irgendwann, wenn du tief und fest schläfst, schneide ich dir die Zotteln ab.«

»Aua!«

»Wie süß!«, flötet Fleur. »Ich bin ja mal gespannt, wen es hier bei uns zuerst erwischt.«

»Derjenige, der sich ausgerechnet in die verguckt, tut mir jetzt schon leid«, flüstere ich Shanti zu.

Shanti nickt. »Ja, aber der hat sie dann sowieso nicht mehr alle. Mal was anderes: Dass Fleur ausgerechnet Diplomatin werden will, wundert mich. Das passt nie im Leben zu ihr.«

»Ehrlich gesagt weiß ich gar nicht genau, was Diplomaten eigentlich machen.«

»Die vertreten unsere Regierung gegenüber dem Ausland. Mein Onkel lebt in dieser Mission schon seit drei Jahren in Indien. Meine Mutter ist jetzt auch dort. Deswegen bin ich ja hier gelandet.«

»Deine Mutter ist Diplomatin in Indien? Wie cool ist das denn? Meine arbeitet nur halbtags in einer Buchhandlung.«

»Mein Onkel ist der Diplomat in der Familie. Meine Mutter ist für ein Jahr auf einem Selbstfindungstrip in Indien. Sie will dort unbedingt ihren indischen Meister kennenlernen.«

Selbstfindungstrip? Wie abgefahren!

»Du kannst deinen Mund wieder zuklappen.« Shanti schubst mich mit einem Grinsen an. »Das war übrigens kein Scherz. Meine Mutter hat sich von meinem Vater getrennt und sich vor ein paar Wochen nach Indien verabschiedet.«

»Oh, das tut mir leid für dich, ehrlich.« Ich weiß noch ganz genau, wie schlimm das damals für Kira war, als ihre Eltern sich getrennt haben.

Jetzt hat Kiras Mutter einen neuen Freund, der eigentlich ganz nett und mittlerweile sogar bei ihnen eingezogen ist. Den Kerl davor konnte Kira auf den Tod nicht ausstehen. Deswegen hat sie ihn so lange gemobbt, bis er eingesehen hat, dass das nix wird mit einem gemeinsamen Familienleben. Nach drei Monaten ist er endlich geflüchtet ...

»Ich werde es überleben, aber bitte posaune es nicht hier rum, ja?«

»Nein, mach ich nicht, versprochen!«

Ich bin also nicht die Einzige, die unfreiwillig im Internat gelandet ist. Wie das wohl bei den anderen ist? Larissa scheint ja ganz glücklich darüber zu sein, dass sie jetzt hier sein kann. Aber der Rest? Haben sie vielleicht auch schon Flucht-Strategien, wie ich?

»So«, verschafft sich Lizzy Gehör, »und jetzt werden die Paare neu gemischt. Die oberen sechs von der Liste schnappen sich nun bitte einen der unteren Zettel. Sucht euch eine neue Partnerin.«

Die unteren Zettel, das sind:
Gloria
Fleur
Xenia
Miu
Isabelle (Isa)
Viktoria (Nicky)

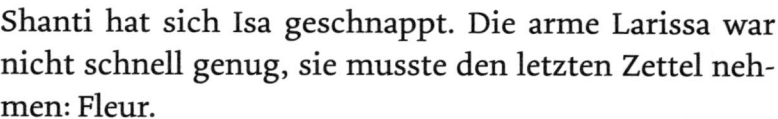

Shanti und ich sehen uns an. Dann sprinten wir gleichzeitig los zur Pinnwand. Ich erwische Miu, Shanti hat sich Isa geschnappt. Die arme Larissa war nicht schnell genug, sie musste den letzten Zettel nehmen: Fleur.

»Glück gehabt!«, lacht Shanti und wedelt mit dem Papier.

»Na ja«, gebe ich trocken zurück. »Wir wurden ja auch schon genug bestraft. Denk mal an die Zimmerverteilung.«

»Ich hätte dich auch gewählt!« Miu steht strahlend vor mir.

»Echt?«

»Ja, ich liebe Currywurst nämlich auch über alles. Und ich finde dich total witzig. Du hast irre schöne Haare! So welche hätte ich auch gerne.«

Miu hat schwarzes glattes Haar, das in Kinnlänge ganz gerade abgeschnitten ist. Ich finde, das passt richtig gut zu ihr.

»Kommst du wirklich aus Korea?«, frage ich.
»Ja, aus Seoul. Aber wir leben jetzt schon ganz lange in Düsseldorf. Mein Vater hat dort einen Großhandel für asiatische Lebensmittel. Und du, willst du wirklich Schriftstellerin werden?«

Die Zeit vergeht wie im Flug. Lizzy und Nina machen ihre Sache richtig gut. So gut, dass ich fast meine Heimwehstrategie vergesse. Wenn nicht ab und an mein Bauch ganz fürchterlich knurren würde, würde ich gar nicht mehr daran denken.
Ein paar Mädchen aus der Klasse sind wirklich ganz nett. Miu kichert die ganze Zeit herum und strahlt von einem Ohr bis über das andere.
Sie ist eine von denen, die total gern hiergekommen sind. Das liegt daran, dass ihre Mutter sehr streng ist, wie sie sagt. Und damit meine ich so richtig oberstreng, mit jeden Tag mehrere Stunden lernen und nach sechs Uhr abends nicht mehr vor die Tür gehen oder telefonieren – wozu Miu sowieso nie Zeit hatte wegen der ganzen Lernerei.
Auch Isa wirkt so, als würde es ihr hier so richtig gut gefallen. Und Larissa ja sowieso. Marie, Jana und Vicky kann ich noch nicht gut einschätzen. Sie sind eher still und geben nicht viel von sich preis, während andere ohne Hemmungen gleich ihre ganze Lebensgeschichte erzählen. Das mit Shantis Mutter weiß nämlich jetzt auch so gut wie jeder – obwohl es nicht an der Tafel steht

und ich es ganz sicher nicht ausgeplaudert habe. Dafür hat Shanti schon selbst gesorgt.

Gloria und Aleyna haben sich Fleur und Xenia angeschlossen. Die sind also entweder total blöd, weil sie nicht mitbekommen haben, wie die ticken, oder weil sie die beiden gut finden, was dann noch schlimmer wäre. So oder so sind sie auf keinen Fall mein Ding.

Am witzigsten ist Miu. Mit ihr habe ich echt Glück gehabt. Sie erzählt gerade von irgendeinem Kimchi-Weißkohl, den man in Korea fast täglich isst – und von dem Pupskonzert, das hier stattfinden würde, wenn sie den mal auftischen sollte. Miu würde eins a zu Luca passen! Obwohl das optisch gesehen bestimmt lustig wäre. Miu

ist nämlich sehr klein und ganz zierlich und Luca ist ja eher kompakt und gut gepolstert ... Aber beide würden sich wahrscheinlich von morgens bis abends nur über Essen unterhalten.

Bei dem Gedanken an Luca fällt mir ein, dass ich mich auf jeden Fall heute Abend noch bei Kira melden wollte. Mist, wir haben schon Viertel nach acht! Das heißt, dass Kiras Handy schon aus ist. Ich könnte ihr wenigstens eine SMS schicken, nur habe ich dummerweise mein Telefon in meinem Zimmer liegen lassen.

Ich überlege nachzufragen, ob ich es schnell holen darf, entscheide mich jedoch für diese Strategie: »Ich muss mal eben wohin, bin gleich wieder da« – und bin flugs zur Tür raus.

Huhu. Lebst du noch? Das war um zehn vor acht. Punktgenau zur vollen Stunde hat Kira dann geschrieben: *Boah, ich muss jetzt ausmachen! Ich vermisse dich!* ☺☺☺☺☹ *Lass dich bloß nicht fertigmachen von denen!!!*

Dann habe ich noch eine Nachricht bekommen, von Mutsch.

Schlieb steht da einfach nur, unsere Abkürzung für: *Ich hab dich lieb.*

Ich tippe zuerst die Antwort für Kira:

Nur Stress hier, volle Kanone Kennenlernprogramm. Aber für was bitte schön??? Seufz. Meld mich morgen. Knutsch, Paulina

Mutsch könnte ich eigentlich ganz kurz anrufen. Die freut sich bestimmt. Außerdem kann ich dann gleich meine Herzschmerzen wegen Heimweh durchklingen lassen.

Ich will gerade ihre Nummer anwählen, da wird die Tür unsanft aufgestoßen und Fleur steht mit verschränkten Armen im Raum.

»Geheimnisse?«, fragt sie und schmeißt sich auf ihr Bett. »Wir haben 'ne Viertelstunde Pause.«

Zu Hause ist es so was von viel besser! Da kann ich mich wenigstens tierisch darüber aufregen, wenn Katta einfach so in mein Zimmer geschneit kommt. Hier hat Fleur sozusagen das Recht dazu, jederzeit, einfach ohne anzuklopfen, reinzuplatzen. Na ganz toll!

Ich könnte mal eben aus dem Fenster klettern, um in Ruhe draußen zu telefonieren. Unten am Seerosenteich sieht es ganz gemütlich aus. Außerdem haben wir ja jetzt sowieso eine Auszeit.

»Bis gleich!« Fleur staunt nicht schlecht, als ich mich einfach so nach draußen schwinge.

»Schon mal was von Türen gehört?«, keift sie mir hinterher, aber das quittiere ich nur mit einem gleichgültigen Schulterzucken.

»Mutsch?«, sage ich und lasse mich am Teich nieder.

»Paulina, das ist aber schön! Wie geht es dir, Schatz?«

»Nicht so gut ...«

Es dauert ungefähr fünf Minuten, da habe ich meine Mutter davon überzeugt, dass es mir wirklich schlecht geht. Im Theaterspielen war ich noch nie richtig gut, aber so am Telefon funktioniert es ganz prima, da sieht Mutsch mich ja nicht – und auch nicht, dass ich beim Reden rot werde.

»Paulina, das tut mir leid. Damit habe ich wirklich nicht gerechnet. Aber jetzt warte doch erst einmal ab. Die ersten Nächte sind immer die schlimmsten. Soll ich vielleicht mal mit Frau Kuhn sprechen, dass du in ein Zimmer mit einem netteren Mädchen kommst?«

»Ach, ich glaub nicht, dass das was bringt.«

»Aber ich könnte es wenigstens versuchen.«

»Mutsch, du hättest mal hören sollen, wie die Kuhn sich aufgeregt hat, weil ausgerechnet wir zwei Stipendiaten am ersten Tag zu spät gekommen sind! Ich glaub nicht, dass die mich besonders gut leiden kann.« Das war etwas übertrieben und sofort bekomme ich ein schlechtes Gewissen. Deswegen schiebe ich noch schnell hinterher: »Außerdem hat es Fleurs Vater auch schon vergebens versucht.«

Ich einige mich mit meiner Mutter darauf, tapfer zu sein und mein Bestes zu geben, dann lege ich auf und schaue mich um. Eigentlich gar nicht schlecht, dass das Zimmer nach hinten raus liegt. Der Schlossteich ist wirklich schön. Der würde meinem Opa bestimmt gut gefallen. Er hat auch einen Teich im Garten, nur viel kleiner.

Auf einem dicken Seerosenblatt sitzt ein Frosch. Oder ist es eine Kröte? Woran erkennt man das? Das muss ich unbedingt mal nachschauen, wenn ich wieder zu Hause bin. Oder ich schicke Kira schnell noch eine SMS, die weiß das bestimmt.

Was ist der Unterschied zwischen einer Kröte und einem Frosch? Hier sitzt so ein grünes Teil auf einem Blatt im Teich. Quak ☺

Ich warte kurz, aber es kommt keine Antwort. Ob Kira schon schläft? Oh, wir haben schon Viertel vor neun! Jetzt muss ich aber zusehen, dass ich zurück zur Gruppe komme. Hastig springe ich auf.

»Blöde Kuh!« Das sieht Fleur ähnlich. Die Dumpfbacke hat doch tatsächlich das Fenster zugemacht. Jetzt muss ich ums Haus rum und vorn rein. Hoffentlich ist die Tür noch nicht abgeschlossen!

Da höre ich hinter mir ein leises Platschen. Und dann noch eins. Genau da, wo ich gerade gesessen habe, steht ein Typ und schmeißt Steine ins Wasser. Wo kommt der denn auf einmal her?

Er steht mit dem Rücken zu mir, trägt ausgewaschene Jeans, ein schwarzes T-Shirt – und hat dunkle Locken. Und noch ein Stein. Platsch! Auf einmal dreht er sich um.

»Was guckst du so blöd?«, fährt er mich an.

»Willst du die Kröte abmurksen?«, kontere ich. Was ist der denn so unfreundlich?

»Das ist ein Frosch!«

»Aha.« Das wäre dann wenigstens geklärt. »Dann willst du also den Frosch killen?«

»Quatsch. Bist du neu hier?«

Ich nicke und starre den Kerl weiter an. Eigentlich will ich mich auf den Weg zu den anderen machen, aber irgendetwas hält mich zurück. Er zuckt mit den Schultern und kommt langsam auf mich zu ...

Meine Mutter sagt immer, ich solle erst nachdenken, bevor ich etwas sage. Meine Oma behauptet auch, ich habe mein Herz auf der Zunge liegen. Aber momentan schlägt es ganz laut in meiner Brust. Poch, poch, poch. Ich fühle es deutlich. Der Lockentyp kommt immer näher. Dann steht er vor mir und fixiert mich mit düsteren Augen.

Jetzt geht mir ein Licht auf und ich kann mich nicht mehr zurückhalten. Zu verlieren habe ich ja hier eh nichts. »Boah, du bist einer von den beiden bescheuerten Vollhonks! Ich hab dich unten im Gang vor der Folterkammer gesehen. Du und dein Komplize, ihr habt uns eingeschlossen. Wegen euch Idioten hat eine der Schülerinnen beinahe einen ausgewachsenen Asthmaanfall bekommen! Wenn ich gewusst hätte, was ihr vorhabt, dann ...« Ich rede mich richtig in Rage. Und am liebsten würde ich den Kerl für die bescheuerte Aktion vor die Brust und in den Teich stoßen.

Ihm hingegen scheint es die Sprache verschlagen zu haben.

»Und? Bist du etwa stolz drauf?« Ich stemme meine Hände in die Hüften und schaue ihn mit hochgezogenen Augenbrauen an. Jetzt ein falsches Wort von dem und der fliegt wirklich in hohem Bogen ins Wasser!

Der Typ steht einfach vor mir und sagt nichts. Dann geht er an mir vorbei und lässt mich wie doof stehen.

»He«, rufe ich ihm hinterher, »warte mal!« Aber er lässt sich nicht aufhalten.

»Dann eben nicht«, murmele ich vor mich hin.

Am Vordereingang kommt mir von der anderen Seite ein Mädchen mit braunen, langen Haaren und Pferdeschwanz entgegen. Sie hat ganz rote, verweinte Augen. Als sie mich sieht, bleibt sie schniefend stehen und streift sich ein paar herausgelöste Haarsträhnen zurück.

»Hast du Prince gesehen?«, fragt sie.

Hä??? Wen bitte schön? Und wieso spricht sie den Namen englisch aus? Ich überlege, ob ich antworte: »Nein, aber versuch es doch mit dem Frosch unten im Teich. Vielleicht hast du ja Glück, wenn du ihn küsst ...«, aber das Mädel sieht echt fertig aus.

Ich komme nicht mehr dazu, der Sache auf den Grund

zu gehen und nachzufragen, denn plötzlich taucht der Vollhonk von eben wieder auf.

»Prince«, schluchzt das Mädchen, »da bist du ja!«

Irritiert sehe ich von einem zum anderen. Was, bitte schön, geht denn hier ab?

Nächtlicher Besuch

Abgeschlossen! Und eine Klingel gibt es auch nicht. Ich muss ein paarmal laut gegen die Tür klopfen, bis mich jemand hört.

Endlich macht Lizzy mir auf. »Paulina, mir ist gar nicht aufgefallen, das du rausgegangen bist. Ich dachte, du bist noch auf deinem Zimmer.«

»Ich war ein bisschen im Märchenland spazieren. Dabei habe ich ein Mädchen getroffen, dass sich die Augen ausgeweint hat, weil ihr Prinz anscheinend nichts mehr von ihr wissen will.«

»Du hast Carla getroffen?« Lizzy seufzt und wir gehen zusammen nach oben. »Geht's ihr immer noch so schlecht? Die Arme! Dass sie sich aber auch ausgerechnet in Prince verliebt hat.«

»Der heißt jetzt nicht wirklich so, oder?«

»Doch. Er geht in die achte Klasse. Und so ziemlich jedes Mädchen war schon mal verknallt in ihn. Sogar welche aus der Neunten – und das heißt was. Normalerweise stehen die nämlich nur auf ältere Jungs.«

Krass, dieser Name schießt eindeutig den Vogel ab. Der sticht sogar Shanti und Larissa-Lieselotte aus. Das glaubt Kira mir nie!

Wie kann man seinen Sohn nur Prince taufen? Und ihn dann auch noch auf ein Internat in einem echten Schloss schicken!

Aber vor allen Dingen: Wie kann man sich in einen Typen verknallen, der so ein Idiot ist? Die dunklen Locken sind ja ganz nett, aber das war dann auch schon alles. Seine Haut ist total blass, als wäre er der absolute Sonnenverweigerer. Und dann die düsteren Augen. Pah! Dieser Prince ist eindeutig einer von der fiesen Sorte. Und außerdem total fantasielos. Sonst hätte er uns nicht einfach im Kerker eingesperrt, sondern sich was Witziges einfallen lassen.

Im Wohnzimmer muss ich die ganze Zeit noch an Carla denken. Ich hoffe, dass ich nie wegen irgendeines Kerls heulend durch die Gegend renne. Nein, ich bin mir ganz sicher: Das wird mir nicht passieren!

»Mädels, hört mal her!«, reißt Nina mich aus meinen Gedanken. »Am besten, wir klären jetzt mal den offiziellen Zeitplan. Damit ihr nicht irgendwann draußen vor der Tür steht und nicht mehr reinkommt, so wie das Paulina eben schon passiert ist. Wir haben ein Blatt vorbereitet, damit ihr die Zeiten verinnerlichen könnt.« Nina verteilt Kopien in der Runde.

Zeitplan

7.30 Uhr: Gemeinsames Frühstück in der Kantine
8.15 Uhr: Unterrichtsbeginn
12.30 Uhr: Mittagessen in der Kantine
13.15 Uhr: Montags und mittwochs Nachmittagsunterricht, dienstags und donnerstags Schülerfirmen, Freitagnachmittag frei
15.00 Uhr: Unterrichtsende, Freizeit bis 18.30 Uhr
18.30 Uhr: Abendessen, gemeinsam in Italien
21.00 Uhr: Haustür wird abgeschlossen
22.00 Uhr: Absolute Bettruhe!!!

»Noch Fragen?«
Fleur meldet sich. »Was sind Schülerfirmen?«
Ich werfe ihr einen vernichtenden Blick zu. Die schon wieder! Was bildet die sich überhaupt ein? Die blöde Tucke hat mich einfach ausgesperrt.

»Schülerfirmen funktionieren so ähnlich wie AGs, nur müsst ihr euch vorher dafür bewerben, damit ihr daran teilnehmen dürft. Dann arbeitet ihr dort mit den anderen zusammen, und zwar klassenübergreifend. Wie in einer richtigen Firma«, erklärt Lizzy.

»Wir müssen arbeiten? Wie cool.« Miu scheint so schnell nichts zu schocken. Ich gehöre eher zu denen, die jetzt ziemlich dumm aus der Wäsche gucken.

»Es gibt ein Kochstudio, eine Musikscheune, Rettungsschwimmer, ein Schreiblabor und eine Kunstwerkstatt ... Das wird euch aber alles Frau Sauerbrei morgen erklären.« Lizzy schaut auf die große Wanduhr. »Wir haben schon Viertel nach neun. Jetzt beginnt der gemütliche Teil des Abends. Es ist zwar nur noch eine gute halbe Stunde Zeit, aber wir haben alle Zutaten für einen Cocktailabend besorgt. Dass die Drinks alkoholfrei sind, muss ich ja nicht extra erwähnen, oder?«

»Genial!« Isa streckt ihre langen Beine auf dem Sofa aus und verschränkt ihre Arme hinter dem Kopf. »Ich hätte gerne einen mit leckeren Früchten.«

Nina schüttelt grinsend den Kopf. »Dann beweg deinen Hintern, Süße. Eiswürfel, Saft und Früchte sind in der Küche.«

Ich mixe mir mit Shanti, Isa und Miu einen KiBa. Dafür gibt man zuerst etwas Eis in das Glas, schüttet dann Bananensaft dazu und dann ganz vorsichtig noch Kirschsaft, damit sich die beiden Farben nicht vermischen. Das ist nicht nur geschmacklich ein Hit, es sieht auch toll aus. Das Rezept für meinen Geburtstag in zwei Wochen ist schon mal vorgemerkt!

An sich ist die Sache hier eigentlich ganz in Ordnung, von der blöden Zimmersituation mal abgesehen. Könnte ich mir den Raum mit Kira teilen, würde ich es hier sogar ganz gut aushalten. Aber meine Freundin liegt sicher schon schnarchend in ihrem Bett. Ihre Mutter ist auch in der Beziehung sehr streng, um halb neun ist das Licht aus. Mutsch sieht die Sache nicht so eng. Ich muss um neun im Bett sein, darf dann noch bis halb zehn lesen.

Ich glaube, sie weiß, dass ich manchmal heimlich mit der Taschenlampe unter der Bettdecke weiterlese. Sie kommt so gegen zehn noch einmal hoch, um nachzuschauen, ob ich wirklich schlafe. Dann klopft sie leise an, wartet ein bisschen, bevor sie reinkommt, wohl damit ich die Taschenlampe ausmachen kann, und setzt sich kurz zu mir ans Bett, um mir eine gute Nacht zu wünschen.

Heute ist es Fleur, die überraschenderweise diesen Part einnimmt. »Na dann, schlaf gut!«, sagt sie. Ob das ein Friedensangebot sein soll? Wie auch immer.

»Nacht.« Ich wünsche Fleur böse Träume und dass sie morgen einen dicken Pickel auf ihrer krummen Nase hat. Die Sache mit dem Fenster habe ich noch nicht vergessen. Morgen muss ich unbedingt Kira fragen, ob sie eine Idee für einen kleinen Rachefeldzug hat.

Ich wickle mich in meine Decke und drehe mich zur Seite. Dabei falle ich beinahe aus dem Bett. Mist! Mein Bett zu Hause ist 1,40 Meter breit. Das hat Mutsch extra für mich gekauft, weil ich beim Schlafen viel »wandere«, wie sie sagt. Das heißt, dass ich morgens schon mal quer im Bett aufwache. Das Teil, in dem ich gerade liege, ist also viel zu schmal für mich. Aber wenigstens kann ich von hier aus dem Fenster schauen und die Sterne sehen. Außerdem haben wir Vollmond, sodass es relativ hell draußen ist. Einschlafen kann ich nicht. Dafür gehen mir viel zu viele Gedanken durch den Kopf. Fleur hat dieses Problem anscheinend nicht. Sie ist sofort weggeratzt. Das kann ich ganz deutlich hören.

»Rrrrr, arrrr, rrrrrrr …«

Auch das noch. Die zarte Blume schnarcht wie ein Reibeisen!

»He«, rufe ich laut, »Fleur!« Aber sie reagiert nicht. Also springe ich aus dem Bett und schubse sie an.

»Was ist?«

»Du schnarchst!«

»Spinnst du?« Fleur reibt sich die Augen.

»Du schnarchst!«, wiederhole ich.

»Quatsch!« Sie dreht sich zur Seite und schläft einfach weiter.

Ich habe ungefähr fünf Minuten Ruhe, dann geht das nächtliche Nasenkonzert von vorn los. Dazu gesellt sich ein tiefes Brummen, das eindeutig aus meiner Bauchgegend kommt. Ich habe heute Abend noch gar nichts Richtiges gegessen!

Leise ziehe ich den Koffer unter dem Bett hervor und hole Kiras Proviantbox raus. Dabei entdecke ich auch mein Manuskript und den schönen Füller wieder.

Warum eigentlich nicht? Schlafen kann ich eh nicht. Und das Mondlicht reicht auf jeden Fall aus.

Ich setze mich auf die Fensterbank, beiße hungrig in eine Mettwurst, die ich in eine Scheibe Toast gewickelt habe, lege das Manuskriptbuch auf meine Knie, öffne den Füller und schreibe meine Geschichte weiter.

Sie tanzten den ganzen Abend. Prinzessin Wischmopp konnte ihr Glück kaum fassen. Prinz Kehrschaufel war ein sehr guter Tänzer. Er war ihr noch kein einziges Mal auf den Fuß getreten.

Zaghaft legte sie ihren Kopf auf seine Schulter, doch genau in diesem Moment fühlte sie, wie ihr ein kalter Schauer über den Rücken lief. Erschrocken sah sie auf – und blickte in die düsteren Augen des Prinzen Fledermaus.

Wo war Prinz Kehrschaufel? Hatte er sich verwandelt? Sie wollte um Hilfe rufen, doch ihre Stimme versagte. Sie wollte fliehen, doch ihre Beine gehorchten ihr nicht. Prinz Fledermaus drehte sich mit ihr im Kreis, schneller und schneller. Dann legte er seine schwarzen Flügel um sie und schwebte mit ihr aus dem Tanzsaal, hinaus aus dem Schloss den Sternen entgegen ...

Ich bin echt bescheuert. Wenn ich so einen Mist schreibe, dann wird nie eine gute Schriftstellerin aus mir. Prinzessin Wischmopp! Prinz Kehrschaufel! Irgendwie muss mir doch was Besseres einfallen. Etwas wie *Harry Potter* oder *Tintenherz*. Ich kaue am Ende des Füllfederhalters herum und schaue gedankenverloren nach draußen. Da merke ich, wie auch mir plötzlich ein kalter Schauer über den Rücken läuft. Da schleicht jemand über den Schlosshof! Ich reibe mir über die Augen und sehe konzentriert in Richtung Tor, wohin sich die Gestalt jetzt bewegt. Das ist doch nicht ... Shanti! Ich kann ganz genau ihre Zöpfchen erkennen. Sie versucht, das Tor aufzudrücken, aber es scheint abgeschlossen zu sein. Sie geht ein Stückchen am Zaun entlang, schaut immer wieder nach oben. Ob sie drüberklettern will?

Ich werfe einen Blick über die Schulter. Vorhin musste ich Fleur ganz schön fest anstupsen, um sie aufzuwecken. Sie hat geschlafen wie ein Stein und auf meine Ruferei hin überhaupt nicht reagiert. Aber wenn ich jetzt nach Shanti rufe, dann wird die Schnarchnase bei meinem Glück bestimmt wach.

Ich knülle meine Bettdecke so, dass es aussieht, als würde ich noch darunterliegen. Dann öffne ich das Fenster, klettere hinaus und schiebe es von außen wieder zu, damit Fleur es nicht gleich bemerkt, falls sie wach wird. Sonst schließt sie mich bestimmt wieder aus und ich darf am Ende noch vor der Tür übernachten.

Als ich mich umdrehe, ist Shanti verschwunden. So schnell kann sie doch niemals über den Zaun gestiegen sein! Das Teil ist relativ hoch. Es sei denn ... Vorhin am Teich habe ich gesehen, dass ein Stück weiter unten ein Baum daneben wächst, über den man klettern könnte ... Und genau dort sehe ich Shanti. Sie ist schon oben und lässt sich schwupp auf die andere Seite fallen. Was sie nur vorhat? Sie will doch nicht etwa türmen?

»Shanti!«, rufe ich leise, aber sie hört mich nicht. Also laufe ich zu dem Baum, klettere flugs hinauf und springe auf der anderen Seite des Zauns zu Boden. Sie ist bestimmt in Richtung Fluss unterwegs, zumindest wenn sie wirklich stiften gehen will.

Ich bin ganz außer Atem, als ich unten am Wasser ankomme, aber von Shanti keine Spur. Mist! Wo sie nur ist? Ich überlege gerade, ob ich noch einmal lauter nach ihr rufen soll, da bemerke ich ein Stück flussaufwärts ein eigenartiges kleines Licht über dem Rhein aufleuchten. Es blinkt in regelmäßigen Abständen und kommt immer näher. Und dann sehe ich Shanti wieder. Sie steht unten am Ufer und winkt mit einer Taschenlampe. Das sind eindeutig Lichtzeichen, die da jemand auf dem Wasser aussendet. Shanti bekommt Besuch!

Ich verschwinde schnell hinter einem Gebüsch und beobachte das Geschehen aus der Ferne weiter.

Ein kleines Kanu nähert sich der Insel, eine Gestalt steigt aus – und Shanti fällt ihr um den Hals.

Was mache ich hier eigentlich? Ich sollte schleunigst zusehen, dass ich wieder auf mein Zimmer komme.

Shanti kann mich hier ganz sicher nicht gebrauchen. Sie hängt an der Gestalt fest, die eindeutig ein Typ sein muss. Vorsichtig drehe ich mich in meinem Versteck um und mache mich auf den Weg zurück zum Schloss. Aber ich komme nicht weit, denn plötzlich höre ich laute Stimmen und Gelächter. Ich bleibe stehen und lausche. Die Geräusche kommen näher, direkt auf mich zu. Da ist noch jemand mitten in der Nacht unterwegs! Und es sind eindeutig irgendwelche Erwachsenen. Das kann man genau hören.

Shanti! Die klebt bestimmt immer noch mit ihrem Typen zusammen. Ohne weiter darüber nachzudenken, renne ich zurück zum Rhein. Shanti und der Besucher wuchten gerade das Kanu aus dem Wasser.

»Schnell«, zische ich ihnen zu, »weg hier! Da kommt jemand.« Kurz darauf liegen wir zu dritt hinter dem Gebüsch. Ich halte den Atem an, als Frau Sauerbrei und noch zwei andere Frauen ganz dicht an uns vorbeigehen.

»Herrlich, dieser Sternenhimmel«, sagt eine von ihnen. Sie bleiben direkt neben uns stehen und heben die Köpfe. Auch das noch! »Das verschönert den nächtlichen Kontrollgang doch immens, meint ihr nicht auch?«

»Auf jeden Fall«, antwortet Frau Sauerbrei, dann gähnt sie laut. »Aber jetzt bin ich ganz schön müde. So eine Aufregung heute gleich am ersten Tag.«

»Dann lasst uns zurückgehen«, sagte die Dritte. »Es ist spät und wir müssen alle früh raus morgen.«

Als die Luft rein ist, atmen wir gleichzeitig erleichtert aus und rappeln uns wieder auf. Mein Blick fällt auf den Besucher. Shanti muss mir gar nicht großartig erklären, wer da heimlich zu so später Stunde auf die Insel gekommen ist. Die gleichen Augen, Sommersprossen, blonde Haare ... Aber da sagt sie schon:

»Das ist Samir, mein Zwillingsbruder, genannt Sam.« Dann macht sie eine kurze Pause, bevor sie mich fragt: »Was machst du eigentlich hier?«

»Die französische Blume schnarcht wie ein Otter«, erkläre ich. »Ich konnte nicht schlafen und hab dich zufällig gesehen ... Ist doch auch egal.« Ich wende mich an Samir. »Hi, ich bin Paulina.«

»Sam.«

Mich interessiert ja brennend, warum dieser Sam hier mitten in der Nacht auftaucht. Ob er ausgebüxt ist? Dass es sich bei ihm nicht um einen offiziellen Besucher handelt, ist ja wohl klar. Immerhin haben wir gleich schon halb zwölf.

»Ich bin von zu Hause abgehauen«, sagt Sam prompt, nachdem ich ihn so ausführlich taxiert habe.

Wusste ich's doch!

»Und jetzt brauche ich irgendwo einen Platz zum Schlafen. Außerdem hab ich tierischen Hunger. Ich bin schon den ganzen Tag unterwegs.«

»Das Bootshaus«, sagt Shanti.

»Die Kapelle«, schlage ich im gleichen Moment vor.

»Hm«, überlegt Shanti, »deine Idee ist besser. Rudern

gehört hier in den höheren Klassen zum Sportunterricht. Wenn wir Pech haben, geht es morgen schon los.«

»Na dann ... Wir müssen nur noch das Kanu irgendwo verstecken.«

»Das können wir wirklich im Bootshaus! Dort fällt es gar nicht auf. Da stehen ganz viele von den Dingern rum.«

Das blöde Teil ist ganz schön schwer. Wir schleppen es am Wasser entlang bis zum Bootshaus.

»Wo hast du das Kanu überhaupt her?«, frage ich. »Du bist doch bestimmt nicht von Frankfurt aus hierhergepaddelt oder?«

»Na ja, sagen wir mal so ... Es ist sozusagen ausgeliehen. Aus dem Dorf gleich gegenüber.«

»Geklaut also?«

»Nicht geklaut, nur ausgeliehen. Ich bringe es auf jeden Fall zurück. Ich bin von München aus mit dem Zug bis nach Frankfurt. Von da aus nach Siegburg. Und dann weiter mit dem Bus. Das war 'ne Höllenreise bis hierher!«

München? Ich versteh nur Bahnhof. Aber Shanti klärt die Sache auf. »Als unsere Eltern sich getrennt haben, ist Sammy mit zu unserem Vater nach München. Ich bin bei meiner Mutter geblieben. Das haben wir damals so vereinbart, weil sich unsere Eltern ganz fürchterlich um das Sorgerecht gestritten haben. Irgendwann wollten wir tauschen. Und dann ist sie nach Indien.«

»Warum bist du dann nicht auch zu deinem Vater?«

»Ach, die Geschichte ist kompliziert. Der hat wohl

bis zum Ende gehofft, dass sie nicht geht, wenn er mich nicht nimmt.«

»Dem ging es mal wieder nur ums Prinzip«, wirft Sam erbost ein. »Der und seine bescheuerten Regeln! Wir haben uns auf jeden Fall richtig gefetzt deswegen.«

»Hm ...«, mache ich, weil mir nix Besseres dazu einfällt. Ich weiß nur eins: Wenn ich einen Sohn hätte, der ausgebüxt wäre, dann würde ich zuerst da suchen, wo seine Zwillingsschwester sich aufhält. Und das ist hier! Ob die beiden sich darüber gar keine Gedanken machen?

»Bestimmt sucht dich dein Vater schon«, merke ich vorsichtig an.

»Soll er doch! Vielleicht macht er sich dann endlich mal Gedanken«, sagt Sam und schiebt das Kanu die letzten Zentimeter mit dem Fuß in die Lücke. Dort fällt es zwischen den ganzen anderen Booten wirklich nicht auf.

Zufrieden sehen wir uns im Mondschein an.

»So, und jetzt auf zur Kapelle!«, sagt Shanti und strahlt über das ganze Gesicht. Ihr scheint unsere Aktion richtig Spaß zu machen. Mein Vater würde wahnsinnig werden vor Sorge um mich, wenn ich einfach so verschwinden würde. Auf der anderen Seite ... Er ist so oft nicht zu Hause, er würde es wahrscheinlich gar nicht mal mitkriegen. Ich schiebe also das mulmige Gefühl zur Seite und wir machen uns auf den Weg.

Bis zur Kapelle ist es nicht mehr weit. Wir gehen noch ein Stückchen am Rhein entlang und dann quer über

die Insel. Zum Glück hat Herr Naunheim vorhin die Tür nicht abgeschlossen.

»Du könntest hinter dem Altar schlafen«, feixe ich. »Oder im Keller bei den Fledermäusen. Was ist dir lieber?«

»Der Altar ist gar nicht so schlecht. Der ist vorn zu, also sieht man mich nicht, wenn jemand zur Tür reinkommt.«

Sam zieht einen Schlafsack aus seinem Rucksack und breitet ihn auf dem Boden aus. Hat er nicht vorhin gesagt, dass er Hunger hat? Mein Proviant fällt mir wieder ein.

»Ich könnte dir was zum Futtern bringen. Ich hab noch was dabei ... Oder bist du auch Vegetarier wie Shanti?«

»Nein, aber lass gut sein. Morgen reicht. So lange halte ich schon aus. Ihr müsst jetzt auch wieder zurück. Sonst fällt es womöglich noch auf, dass ihr nicht da seid.«

Shanti nickt und umarmt ihren Bruder zum Abschied.

Wir sind schon an der Tür, als Shanti plötzlich stehen bleibt und meinen Arm festhält.

»Scheiße, wer ist das denn?«

Im gleichen Moment sehe ich es auch. Zwei Personen kommen den Weg entlanggelaufen, genau auf die Kapelle zu. Es ist zu dunkel, um zu erkennen, wer es ist. Außerdem sind sie schon gleich da. Wir drehen uns um und verstecken uns bei Sam hinter dem Altar.

Ob wir etwa schon gesucht werden?

Wer weiß, wer hier sonst noch unterwegs ist

So viel Aufregung auf einmal habe ich noch nie erlebt. Erst unser Gefängnis in der Folterkammer, dann die Fledermausattacke, schließlich die Konfrontation mit dem gruseligen Prince – und jetzt das! Zu dritt kauern wir hinter dem Altar. Keiner bewegt sich.

Ich kann niemanden sehen, aber dafür jedes Wort hören. »Bist du dir sicher, dass es hier ist?«, fragt jemand.

»Ja, die sind hier aus dem Keller rausgekommen«, flüstert eine andere Stimme. »Ich habe einen aus der Klasse ausgequetscht. Der Geheimgang führt direkt in die Folterkammer. Aber vielleicht finden wir ja auch den anderen Gang.«

Moment mal, die Stimme kenn ich doch! Obwohl der Typ flüstert, kommt sie mir verdammt bekannt vor …

»Okay! Hast du das Werkzeug?« Diese Stimme hingegen kann ich nicht zuordnen. Ich spitze die Ohren und warte gespannt auf die Antwort.

»Klar, ich bin doch nicht blöd!«

Und ich auch nicht. Ich weiß jetzt ganz genau, wer das ist! Trotzdem will ich mich vergewissern und wage mit Shanti einen Blick am Altar vorbei. Dunkle Locken, ein schwarzes Kapuzensweatshirt ... Na eben, Prince! Und sein Kumpel. Und die beiden verschwinden gerade hinter der Tür, die zum Keller führt.

»Nix wie weg hier«, sagt Shanti. »Los!«

Als wir hinter dem Altar hervorkommen, werfe ich einen abschätzenden Blick auf die Kellertür. Was, wenn ich die Tür von außen verriegle, sodass die beiden unten im Keller festsitzen? Aber dann wäre ich auch nicht besser als sie.

»Okay«, stimme ich zu, »lasst uns verduften!«

Sam rafft seine Sachen zusammen und wir rennen los, aus der Kapelle hinaus, quer über die Wiese.

»Hast du sie auch erkannt?«, fragt Shanti mich atemlos, als wir endlich anhalten. »Das waren die beiden Witzbolde von heute Mittag. Ganz sicher!«

»Ja, aber jetzt lass uns erst einmal zusehen, dass wir einen Unterschlupf für deinen Bruder finden. Sollen wir wieder zum Bootshaus runter?«, frage ich. »Du könntest in einem der Kanus schlafen, Sam.«

»Keine schlechte Idee. Was hältst du davon, Shanti?«

»Ich weiß nicht. Da wird man dich früher oder später wahrscheinlich auch entdecken.« Shanti lehnt sich erschöpft an Sams Schulter.

Warum habe ich nicht eine tolle Zwillingsschwester,

mit der ich durch dick und dünn gehen kann? Aber nein, ich wurde mit einer besserwisserischen älteren Schwester bestraft, die sich wie Hulle darüber freut, dass ich weg bin.

»Und jetzt?«, fragt Sam.

»Wenn Xenia nicht mit mir auf einem Zimmer wäre, könntest du bei mir schlafen«, überlegt Shanti. »Wartet mal, wir könnten sie fesseln und rüber zu Fleur tragen.«

»Genau, das ist es!«, rufe ich.

»Xenia in dein Zimmer verfrachten?«

»Nein. Aber ich weiß was Besseres! Kommt mit …«

Und so rennen wir unter meiner Anführung zurück in Richtung Europa, zu unseren Häusern. Warum soll Sam in einem harten Boot schlafen, wenn er auch ein bequemes Bett haben kann?

Wir sind schon fast da, es sind nur noch ein paar Meter bis zum Zaun, dem Seerosenteich und den dahinter liegenden Häusern Italien und England, da sehe ich auf einmal zwei merkwürdige kleine Lichter durch die Nacht tanzen. Sie sehen aus wie Glühwürmchen, nur dunkler, fast orangefarben.

»Wartet mal ... was ist das denn?«, frage ich und deute in die Richtung.

»Kippen«, sagt Sam. »Da rauchen welche.«

Was um Himmels willen ist denn hier los? Ständig trifft man hier nachts auf irgendwelche Leute, die sich auf der Insel rumtreiben.

»Vielleicht die Sauerbrei und eine der Lehrerinnen«, mutmaßt Shanti.

»Nee, kann ich mir nicht vorstellen. Die wollten doch ins Bett. Aber über den Zaun können wir jetzt trotzdem nicht klettern. Wir müssen abwarten. Hier im Dunkeln können sie uns nicht sehen.« Ich lasse mich auf die Wiese plumpsen und strecke mich der Länge nach aus. Shanti und Sam tun es mir gleich. Die Nacht ist klar und der ganze Himmel hängt voller Sterne. Als sich plötzlich einer der kleinen Punkte mit einem langen Schweif nach unten fallen lässt, greift Shanti gerührt nach meiner Hand.

»Eine Sternschnuppe«, sagt sie. »Jetzt dürfen wir uns was wünschen!«

Das mit den Wünschen ist eine ernsthafte Angelegenheit. Die können nämlich durchaus in Erfüllung gehen, besonders wenn man ganz fest daran glaubt. Ich schließe also die Augen und denke nach. Zuerst fällt mir der dicke Pickel auf Fleurs Nase wieder ein. Oder wie wäre es mit einem besonders unappetitlichen mitten auf der Stirn? Aber soll ich meinen Wunsch wirklich an Fleur vergeuden? Nein! Die ist es gar nicht wert. Aber meine

Freunde in Bottrop, die sind es. Ich könnte mir also wünschen, ganz schnell wieder nach Hause zu kommen, am besten gleich morgen! Ich will meinen Wunsch gerade der Sternschnuppe hinterher nach oben schicken, da drückt Shanti ganz fest meine Hand.

»Ich bin froh, dass du auch hier bist«, sagt sie.

Und ich, ich wünsche mir, dass Sam hier bei Shanti bleiben darf, ganz uneigennützig – und schicke meine Bitte ab ins Universum.

Wir bleiben noch eine Weile still nebeneinander liegen, bis Sam sich aufrichtet. »Ich glaub, sie sind weg.«

»Ich geh mal gucken. Wenn sie mich erwischen, ist es ja nicht so schlimm.« Träge rappele ich mich auf und schleiche mich zum Zaun. »Die Luft ist rein!«

Sam lehnt sich mit dem Rücken daran und macht eine Räuberleiter, damit wir es über die hohen Metallstreben schaffen. Dann schmeißt er seinen Rucksack samt Schlafsack in hohem Bogen hinüber und klettert scheinbar mühelos zu uns auf die andere Seite.

»Junge müsste man sein«, stellt Shanti fest.

»Meinst du wirklich?«, frage ich und sehe sie stirnrunzelnd an.

»Nee, niemals!«, antwortet Shanti und lacht.

»Psst! Wer weiß, wer hier sonst noch unterwegs ist.«

Nur kurze Zeit später klopfe ich vorsichtig an die Fensterscheibe von Theos Zimmer – Sams Übernachtungsmöglichkeit, wenn alles so läuft, wie ich mir das vorstelle. Aber der scheint zu schlafen wie ein Stein.

»Theo!«, rufe ich leise durch das gekippte Fenster. »Theo, wach auf!«

Endlich raschelt es und verschlafene Augen starren mich hinter der Scheibe an. »Paulina, bist du es oder ist es nur ein Traum?«

»Nein, ich bin es!«

Theo öffnet das Fenster und sieht mich erstaunt an. »Wow! Was machst du denn hier?«

»Psst! Nicht so laut. Ich brauche deine Hilfe. In deinem Zimmer ist doch ein Bett frei. Dieser Lennart kommt erst nächste Woche, nicht wahr?«

»Ja, stimmt. Willst du etwa hier schlafen?«

»Blödmann, natürlich nicht.« Streng schaue ich ihn an. »Kannst du dichthalten? Ich meine, kann man sich hundertprozentig auf dich verlassen?«

»Na klar. Was ist denn das für eine bescheuerte Frage?« Theo sieht richtig empört aus.

»Na gut. Warte ...« Ich pfeife einmal kurz, da kommen Shanti und Sam hinter der Häuserecke hervor.

»Shanti ... und wer ist das?«

»Das ist Sam, Shantis Bruder.«

»Hi«, sagt Sam, »tut mir leid wegen der Störung.«

»Kein Problem, Alter. Was geht?«

Aha, Jungensprache. Ich rolle mit den Augen.

»Kann Sam bei dir pennen?«, frage ich. Normalerweise hätte ich ja schlafen gesagt, aber da Theo jetzt augenscheinlich einen auf cool macht ...

»Samir ist von zu Hause abgehauen und braucht unbedingt eine Unterkunft für heute Nacht«, mischt Shanti sich ein.

Wenn wir noch lange hier draußen rumstehen, werden wir bestimmt gleich erwischt werden! Unruhig trete ich von einem Bein auf das andere. Außerdem werde ich langsam müde.

»Wir haben es zuerst in der Kapelle versucht«, sagt Shanti, »aber da sind die beiden Typen wieder aufgetaucht. Die haben da nach dem Geheimgang gesucht und...«

»Nach dem Geheimgang? Echt?«, fragt Theo aufgeregt. »Wir müssen unbedingt noch mal runter in die Folterkammer. Ich weiß nun, wie viele ...«

»Hallo, geht's noch?« Es gibt ja jetzt wohl Wichtigeres als diese bescheuerten Tunnel unter dem Schloss. »Können wir die Unterhaltung vielleicht in deinem Zimmer weiterführen?«

»Oh sorry, kommt rein!« Na endlich, Theo hat es geschnallt. Erleichtert seufze ich auf.

Kurz darauf sitzen wir in Theos Zimmer. Shanti und ich auf dem einen Bett, Theo und Sam auf dem anderen.

Es ist drei Uhr nachts, oder sollte ich besser morgens sagen, und ich liege in meinem Bett. Fleur hat von meinem nächtlichen Ausflug nichts mitbekommen. Sie schnarcht friedlich vor sich hin. Ich bin total müde, aber irgendwie viel zu aufgewühlt, um Ruhe finden zu können. Ich denke an Sam und Shanti, an den Geheimgang,

Prince und seinen Kumpel, an Kira, Luca und Noah. Und daran, wie schön es wäre, wenn wir das alles gemeinsam erlebt hätten.

Noch einmal grunzt Fleur laut schnarchend vor sich hin, dann schlafe ich endlich ein ...

Immer wieder Prince

»He, steh endlich auf!«

»Nur noch einen ganz kleinen Moment ...«, murmele ich vor mich hin und drücke meinen Kopf tiefer ins Kissen.

»Na dann, dein Problem, wenn du gleich am ersten Tag verpennen willst!«

Irgendwas passt hier nicht. Die Stimme kenne ich, aber sie gehört auf keinen Fall meiner Mutsch. Ich öffne träge die Augen – und sehe eine ganz merkwürdige Gestalt vor mir stehen. Sie ist in einen weißen Bademantel gehüllt, das Gesicht dick mit irgendeiner Creme zugespachtelt. In den Haaren stecken bunte Lockenwickler. Katta? Wie sieht die denn aus?

»Na endlich!«, mault sie. »Dein doofer Wecker hat die ganze Zeit geklingelt, aber du hast geschlafen wie eine Tote. Ich hoffe, das passiert jetzt nicht jeden Morgen.

Auf so was habe ich nämlich überhaupt keine Lust! Ich bin doch nicht dein persönlicher Weckdienst.«

Das ist nicht Katta. Ich bin nicht zu Hause, sondern im Internat. Und ich teile mir ein Zimmer mit... Fleur! Sofort bin ich hellwach.

»Wie spät ist es?«, frage ich.

»Zehn nach sieben. Um halb acht gibt es Frühstück. Du kannst gleich ins Bad. Ich brauch nur noch fünf Minuten«, sagt sie und macht die Tür hinter sich zu.

Fünf Minuten? Dann bleibt mir nur noch eine Viertelstunde! Wie soll ich in der Zeit duschen, Haare föhnen und mich anziehen? Die hat Nerven! Schnell krame ich ein paar Klamotten aus meinem Koffer, dann stürme ich zur Badezimmertür und klopfe laut dagegen.

»Beeil dich!«

»Ist ja gut.« Fleur hat mittlerweile die merkwürdige Paste aus ihrem Gesicht gewischt und die Lockenwickler abgemacht. Ihre Haare fallen jetzt in leichten Wellen über ihre Schultern. Ich muss gestehen, dass das ganz gut aussieht. Wäre da nicht...

»Was hast du denn da?« Erbarmungslos zeige ich auf den roten Knubbel, der neben Fleurs linkem Nasenflügel aufgeblüht ist.

»Noch nie einen Pickel gesehen?«, fragt sie.

Statt einer Antwort muss ich grinsen.

»Na klar, so was bekommt man erst in der Pubertät«, erklärt Fleur schnippisch. »Und davon bist du noch meilenweit entfernt.«

Ich fasse es nicht! Das Ding ist tatsächlich über Nacht gewachsen. »Ich war's nicht!«, sage ich und schiebe mich lachend an ihr vorbei. »Ich hab mir was anderes gewünscht.«

»Hä? Du hast sie ja nicht mehr alle!«, schimpft Fleur, aber das interessiert mich nicht weiter. Jetzt ist Katzenwäsche angesagt: zwei Minuten abduschen, ohne die Haare nass zu machen, abtrocknen, Zähne putzen, anziehen, fertig! Fünf vor halb, wer sagt's denn!

Ich schlüpfe gerade in meine Schuhe, da vibriert mein Handy. Kira hat mir eine SMS geschickt:

Kröten und Frösche gehören beide zu den Froschlurchen. Aber Frösche kann man küssen und es werden Prinzen daraus! Kröten haben kurze Beine, können nicht springen und haben Warzen! Von denen solltest du dich fernhalten, hihi.

Ich muss schon wieder grinsen. Fleur ist mittlerweile auch angezogen. Sie trägt einen kurzen Minirock und irgendein Designer-T-Shirt. Die Marke habe ich schon mal gesehen. Dass es ein schickes Markenteil ist, beeindruckt mich wenig, aber ich muss zugeben, dass Fleur Geschmack hat. Die Sachen passen gut zusammen. Wenn da nur die Sache mit dem roten Knubbel nicht wäre. Ob sich dahinter vielleicht eine Warze verbirgt? Wie war das mit den Kröten noch gleich?

Ich habe die halbe Nacht mit einer schnarchenden Kröte in einem Zimmer verbracht, tippe ich in mein Handy. *Davor voll die irre Hammeraktion auf der Insel. Aber das berichte ich dir später. Ruf dich an. Fehlst mir!!! Paulina.*

Ob Shanti schon in der Kantine ist? Nicht dass sie auch verschlafen hat, so wie ich. Ich laufe zu ihr rüber und klopfe fest an die Zimmertür, die prompt sofort aufgeht.

Doch es steht Xenia vor mir. Sie mustert mich von oben bis unten, dann sagt sie: »Deine Freundin ist nicht hier. Keine Ahnung, wo die sich rumtreibt. Als ich aufgestanden bin, war sie schon weg. Vielleicht sitzt sie wieder irgendwo und starrt die Wand an. Das hat sie gestern Abend auch gemacht. Meditieren ist ja so was von schräg!«

Das passt zu Shanti. In Gedanken sehe ich sie im Schneidersitz auf dem Boden sitzen. Vielleicht hat sie dabei sogar leise »Ommmm« gesummt und Xenia damit in den Wahnsinn getrieben. Aber dass sie so früh schon unterwegs ist, wundert mich doch. Nicht, dass irgendwas mit Sams Übernachtung schiefgegangen ist?

Wortlos drehe ich mich um und laufe schnell nach draußen. Ich bin nicht die Einzige, die bereits auf dem Dorfplatz unterwegs ist. Es herrscht reger Betrieb, aus allen Häusern kommen irgendwelche Schüler. Hier gibt es zwei siebte Klassen und dann von der achten bis zur dreizehnten jeweils eine. In unserer Klasse sind 24 Schüler. Wenn in den anderen ungefähr genauso viele sind, dann haben wir hier insgesamt knapp 200. Und die sollen alle auf einmal in der Kantine frühstücken?

Die Tür zum Speisesaal steht offen, man kann lautes Lachen und Geschirrgeklimper hören. Ich gehe hinein und sehe mich neugierig um. Die Tische wurden zu einem riesigen Hufeisen zusammengestellt. Gestern Mittag standen sie in kleinen Gruppen zusammen, aber da waren wir auch mit den beiden siebten Klassen allein da und haben im Klassenverband gegessen. Jetzt sitzen alle kreuz und quer durcheinander. Unschlüssig bleibe ich eine Weile stehen. Shanti kann ich an keinem der Tische entdecken. Und Theo auch nicht. Ob ich mal nachschauen soll, wo die beiden bleiben?

Gerade als ich mich umdrehen will, sagt jemand zu mir: »Guten Morgen, Paulina, hast du gut geschlafen?«

Frau Sauerbrei! Wo kommt die denn so plötzlich her?

»Äh, geht so«, antworte ich.

»Ach, das wird sich bald geben. Die ersten Nächte sind immer aufregend, aber bald hast du dich daran gewöhnt. Pass mal auf, das kommt ganz von allein.«

»Ich weiß nicht.« Ich habe wirklich keine Ahnung, was ich ihr sagen soll. Ich könnte ihr von Fleurs Schnarcherei erzählen und dass sie daran schuld ist, dass ich kein Auge zugemacht habe. Aber das stimmt ja so nicht ganz...

»Was meinst du, Paulina, sollen wir uns was zum Frühstücken holen und uns zusammen hinsetzen? Ich hatte zwar vorhin schon einen Kaffee, aber ich könnte noch eine kleine Stärkung gebrauchen.«

»Äh, ja, okay.« Was soll ich denn sonst darauf antworten? Ich kann ja schlecht zugeben, dass ich überhaupt keine Lust habe, ausgerechnet mit meiner Lehrerin zu frühstücken. Und dass ich mir um Shanti und Theo Sorgen mache, kann ich ihr auch nicht sagen. Missmutig gehe ich neben Frau Sauerbrei her.

»Du musst unbedingt mal die gefüllten Hörnchen probieren, die sind ein Gedicht!«, schwärmt sie.

Ich belade mein Tablett mit einer Scheibe Toast, Käse und Schinken, einer Tasse Tee – und einem Hörnchen mit Marmelade – und laufe hinter Frau Sauerbrei her, die zwei freie Plätze nebeneinander für uns sucht.

»Guck mal, da sitzen Miu und Larissa«, sagt sie und winkt ihnen zu.

»Sollen wir uns zu ihnen setzen?«

»Oh ja, gern.« Dann bin ich wenigstens nicht allein mit ihr und Miu wird bestimmt die ganze Zeit plappern.

Wusste ich's doch! Kaum haben wir unsere Plätze eingenommen, da legt Miu auch schon los: »Das war vielleicht 'ne Nacht! Ich konnte ewig lang nicht einschlafen, so aufgeregt war ich. Und dann kann ich mich nicht einmal daran erinnern, was ich geträumt habe. Und dabei heißt es, dass der Traum der ersten Nacht an einem anderen Ort in Erfüllung gehen wird ...«

Ich höre gar nicht richtig zu,

mein Blick schweift ständig zur Tür. Wir haben schon fünf nach halb acht und die beiden sind immer noch nicht da.

»Paulina, hast du denn gar keinen Hunger?«, fragt Frau Sauerbrei und deutet mit dem Kinn auf meinen vollen Teller.

»Nein.« Ich zucke mit den Schultern und blicke wieder zur Tür. In diesem Moment kommt der graue Pinguin hereinstolziert und sieht über die Menge hinweg. Frau Kuhns Blick bleibt an uns hängen und sie kommt zielstrebig auf uns zu. Oje, das sieht nicht gut aus.

»Guten Morgen, Kinder.« Sie nickt uns zu. »Frau Kollegin, haben Sie einen kurzen Moment? Es ist wichtig.«

»Natürlich, ich komme sofort.«

Mein Bauch fängt an zu grummeln, als der Pinguin und die Sauerbrei den Raum verlassen.

»Ich bin schon voll neugierig auf den Stundenplan«, sagt Larissa, als endlich Shanti und Theo die Kantine betreten. Ich springe sofort auf und laufe auf die beiden zu. Dabei stellt sich mir ein Typ mit voll beladenem Tablett in den Weg, das im nächsten Moment auf den Boden scheppert, weil ich ungeschickt dagegenrempele.

»Pass doch auf!« Oh nein. Prince, auch das noch. Er mustert mich durchdringend mit seinen dunklen Augen.

»Sorry«, murmele ich und lass ihn einfach stehen. Ich hab jetzt keine Zeit, noch länger auf ihn einzugehen.

»He!«, ruft er mir hinterher, aber ich bin schon bei Shanti und Theo.

»Boah, wo wart ihr denn die ganze Zeit? Ich bin eben fast gestorben! Der Pinguin war da und hat die Sauerbrei geholt. Ich dachte schon, die hätten euch erwischt!«

»Ich hab die beiden Jungs geweckt und dann haben wir uns verquatscht.« Shanti grinst mich entschuldigend an. »Wir müssen schnell noch was für Sam zu futtern rausschmuggeln. Und ich hab auch einen Bärenhunger.«

Toll, wenigstens eine hat hier gute Laune und auch Theo strahlt über beide Backen.

»Na dann, die Hörnchen sollen einmalig gut schmecken«, sage ich. »Ich sitze bei Miu und Larissa, hier drüben. Ihr könnt ja dazukommen.«

»Was war denn eben mit dir los?«, fragt Miu, als ich mich wieder setze. »Erst springst du auf wie eine Verrückte, dann rennst du einfach so einen Typen über den Haufen und lässt ihn anschließend links liegen.«

Ich mache ein schuldbewusstes Gesicht. Die Sache mit Prince ist mir mehr als peinlich. Sein gesamtes Frühstück war auf dem Boden verteilt, und ich hab ihm noch nicht einmal geholfen, das Chaos wieder zu beseitigen. Na ja, dafür hat ihm diese Carla geholfen, die sich letztens wegen ihm die Augen aus dem Kopf geweint hat. Sie ist sofort aufgesprungen und zu ihm geeilt, das habe ich aus dem Augenwinkel noch mitbekommen.

»Der starrt dich übrigens die ganze Zeit schon an.« Miu rollt ganz komisch mit den Augen, um mir zu zeigen, wo Prince sitzt.

»Soll er doch, war schließlich keine Absicht«, wehre ich mich, da kommen Shanti und Theo und stellen ihre Tabletts auf den Tisch. Verstohlen gucke ich zur Seite. Dabei sehe ich ihm in die stechenden Augen. Der glotzt ja tatsächlich die ganze Zeit zu mir rüber! Trotzig richte ich mich auf und setze mich seinem starren Blick aus. Wenn der glaubt, ich hätte Angst vor ihm, dann täuscht er sich. Wozu habe ich wochenlang meinen coolen Auftritt im Spiegel geübt? Ich weiche seinem Blick auf jeden Fall nicht aus!

Mach ich dann aber doch, allerdings unfreiwillig. Unser Blickduell wird von der Sauerbrei unterbrochen, die plötzlich wieder am Tisch steht.

»Shanti, kannst du mal kurz mitkommen?«, fragt sie. »Frau Kuhn möchte dich sprechen.«

Sofort ist das Magengrummeln wieder da, auch wenn sie nicht mich aufgefordert hat.

Shanti dreht sich noch einmal kurz zu uns um, bevor sie zur Tür rausgeht, dann ist sie weg. Entweder haben sie Sam entdeckt, oder sein Vater hat noch keinen blassen Schimmer davon, wo er sein könnte, und lässt nun bei Shanti nachfragen, ob sie vielleicht was weiß. Die zweite Version ist wahrscheinlicher. Ganz sicher nehmen sie Shanti jetzt ordentlich in die Mangel.

»Hoffentlich geht das gut«, sage ich und trinke von meinem Tee.

»Wieso, was ist denn los?«, fragt Larissa.

»Ich glaub, es geht um die Zimmeraufteilung«, wirft

Theo schnell ein und guckt mich warnend an. Als ob ich mich verplappern würde!

»Vielleicht kann sie ja doch noch tauschen. Ich würde es jedenfalls niemals mit Xenia aushalten.« Larissa beißt herzhaft in ihr Hörnchen. »Aber Fleur ist bestimmt noch schlimmer«, nuschelt sie mit vollem Mund.

»Horror«, sage ich und nicke ihr mit leidvollem Gesichtsausdruck zu.

»Wie war es eigentlich bei euch gestern, Theo?« fragt Miu. »Habt ihr auch Kennenlernspiele gemacht? Wie sind denn die anderen Jungs so?«

»Ach, alle ganz in Ordnung bisher. Nach so kurzer Zeit kann man ja noch nicht so viel sagen. Unsere Haussitter, Tim und Jannik, sind auch ganz cool.«

»Tim?« Das ist doch der Junge, in den Lizzy angeblich verknallt ist!

»Ja, wieso fragst du so komisch? Ihr habt ihn doch schon gesehen. Er war dabei, als wir uns mit der Sauerbrei getroffen haben, um den Rundgang zu starten.«

»Ach, nur so…«, sage ich ausweichend. Aber Miu kann ihren Mund nicht halten.

»Dann ist das der Typ, den Xenia die ganze Zeit angeschmachtet hat? Cool, vielleicht macht Lizzy sie einen Kopf kürzer, dann sind wir sie los.«

»Hä? Wieso?« Theo schnallt natürlich gar nichts.

»Das wirst du früher oder später selbst rausfinden.« Larissa grinst. Jungs brauchen für Herzensdinge manchmal eben ein bisschen länger.

»Weiberkram!«, beschwert sich Theo, hakt aber nicht weiter nach.

Wir quatschen noch ein paar Minuten, dann wird es Zeit. Um Viertel nach acht beginnt der Unterricht. Wir wollen uns gleich unten vor dem Haus treffen, um zusammen rüber zum Schloss zu gehen. Vorher flitzen wir alle noch einmal kurz auf unsere Zimmer, um unsere Schulsachen zu holen. Mutsch hat mir für den ersten Schultag hier extra eine neue Tasche gekauft. Die steht schon fix und fertig in meinem Schrank, bestückt mit neuen Stiften, schönen Schreibblöcken und leeren Heften. Als ich sie mir schnappe, fällt mir auf, dass sie sich an einer Stelle ausbeult. Das ist mir gestern gar nicht aufgefallen. Ich staune nicht schlecht, als ich hineinschaue und darin eine kleine, hellgrüne Minischultüte finde, bedruckt mit pinkfarbenen Herzen. *Nervennahrung* steht darauf geschrieben. Ich öffne die kleine Tüllschleife und finde ganz oben einen Zettel:

Für harte Zeiten! Haben dich sehr lieb!!! Oma und Opa

Wahnsinn! Genau das habe ich für den heutigen Tag gebraucht. Die Zuckertüte ist voll gepackt mit Pralinen. Wenn ich später mal nicht Schriftstellerin werden sollte, dann schwenke ich auf Chocolatière um. *Paulinas Schokoträume*, so nenne ich meine Pralinenkreationen! Aber erst einmal muss ich die Schule schaffen. Und das beginnt damit, die erste gemeinsame Stunde mit meiner neuen Klasse zu überstehen...

Der Wunschbrunnen

Der Klassenraum ist wirklich schön. Er ist ganz hell, hat sechs große Fenster zum Park hin und an der Decke befinden sich hübsche Stuckverzierungen, so wie man sie aus alten Schlössern kennt. Die kleinen weißen Rosen sehen so aus, als hätte man sie direkt aus der Decke herausgemeißelt.

Vorn in der Mitte ist ein großes Holzpult, an der Rückwand stehen zwei schön gearbeite Schränke. Dazwischen hängt eine riesige Pinnwand, an der viele weiße Pappbögen angebracht sind. Wenn darauf mal nicht unsere Steckbriefe kommen sollen! Die Tische sind auch hier in einer großen Hufeisenform zusammengestellt. Auf jedem Platz steht ein kleines Namenskärtchen, die Sauerbrei hat sich also schon Gedanken gemacht, wen sie wie zusammensetzen will.

Ich stehe noch in der Tür, als Miu mir zuruft: »Paulina, du sitzt neben mir und Larissa. Cool, nicht wahr?«

Ich habe es tatsächlich ganz gut getroffen. Ich sitze hinten vor einem der Schränke zwischen Miu und Shanti, wie ich von dem Namensschild rechts neben mir ablesen kann. Shanti ist nämlich von ihrem Gespräch mit Frau Kuhn noch nicht zurück. Alle anderen haben mittlerweile ihre Plätze eingenommen. Frau Sauerbrei hat uns kurz begrüßt, sich entschuldigt – und ist dann auch wieder weg.

Die anderen Jungs habe ich mir bisher noch gar nicht so genau angesehen, aber da sie nun so schön nebeneinander in einer Reihe sitzen, hole ich das jetzt in aller Ruhe nach. Dabei stelle ich fest, dass sie sich nicht wesentlich von den Jungs aus meiner Klasse in Bottrop unterscheiden. Außer vielleicht Clemens und Jakob. Die sitzen kerzengerade da, in gebügelten Hemden! Wie die das wohl in Zukunft machen werden? Ob es hier einen Bügeldienst gibt? Auch sonst sehen die beiden irgendwie merkwürdig aus. Clemens hat fast so lange Haare wie ein Mädchen. Und ständig pustet er sich eine seiner blonden Strähnen aus dem Gesicht. Und Jakob? Der hat überhaupt keine Frisur. Auf der einen Seite sind seine Haare total platt gelegen. Bestimmt hat er die ganze Nacht darauf geschlafen. Und er betrachtet schon die ganze Zeit die Decke mit den Rosen, so als ob ihn alles andere um ihn herum überhaupt nicht interessiert. Wie hieß das Wort noch gleich? Elitär! Das trifft die Sache auf den Kopf. Die beiden sehen verdammt elitär aus.

Der Platz neben Theo ist frei, Lennart ist ja noch nicht

eingetroffen. Ich bin schon irgendwie neugierig, wie das alles hier weitergeht, aber ich werde es verschmerzen, es nicht mehr mitzubekommen. Im Moment finde ich es echt schade, dass ich Kira, Luca und Noah nicht einfach herbeamen kann. Ich seufze auf und gucke auf die Uhr, die schräg über der Tafel hängt. Die Blumenthal hat in unserem Klassenzimmer die Uhr abgenommen, damit wir nicht ständig auf die Zeiger starren.

Es ist zwanzig nach acht, als die Sauerbrei endlich wieder da ist – mit Shanti im Schlepptau.

»Alles klar?«, fragt Theo, als Shanti sich setzt.

»Ja, alles okay«, antwortet sie und lächelt uns zu.

Erleichtert atme ich auf. Und dann legt die Sauerbrei auch schon los:

»Fangen wir mit Paulina Pempelfurt an. Sie kommt aus Bottrop. Markenzeichen: feuerrote Locken und ein starker Wille.« Dann zaubert sie ein Foto aus einer Aktenmappe, geht zur Pinnwand und steckt es auf dem ersten weißen Blatt fest. »Willkommen, Paulina!«

Überrascht drehe ich mich um. Auf dem Foto bin tatsächlich ich zu sehen! Ich habe darauf meine Hände auf die Hüften gestützt und gucke mein Gegenüber ziemlich wütend an. Das Foto muss erst kürzlich entstanden sein.

»Hammer!«, sage ich und die ganze Klasse fängt laut an zu applaudieren.

»Wie ihr seht, habe ich meine Hausaufgaben gemacht und mich vorab ein wenig umgehört. Eure Eltern waren sehr gesprächig!«, erklärt Frau Sauerbrei schmunzelnd.

»Die Nächste ist Shanti Anuragi Bauer. Sie kommt aus Frankfurt. Markenzeichen: ausgefallener Kleidungsstil und große Ehrlichkeit. Herzlich willkommen, Shanti!«

Auch Shanti ist super getroffen. Sie verdreht auf dem Bild gerade die Augen nach oben, so als würde sie irgendjemand ganz gewaltig nerven.

Wieder applaudieren alle amüsiert. Auch als die Fotos der anderen eines nach dem anderen an die Wand gepinnt werden, macht der Rest der Klasse Stimmung.

Dass die Sauerbrei hier so eine Show hinlegt, hätte ich ihr niemals zugetraut. Die Pinnwand ist schon fast voll, es sind nur noch zwei Blätter frei. Eins ist für Lennart, aber wer bekommt das andere?

»Julia Sauerbrei, kommt aus Bonn, Markenzeichen: bunt lackierte Fußnägel. Und ein ausgeprägter Sinn für Gerechtigkeit! Ich bin dann also auch dabei.«

Die Sauerbrei platziert sich genau in der Mitte. Abwartend schauen wir sie an.

»Und, wo bleibt mein Applaus?«, fragt sie und lacht.

Das Foto zeigt sie auf einer Bank sitzend. Sie trägt die Haare offen, das Gesicht hält sie leicht nach oben in die Sonne. Sie sieht richtig entspannt und friedlich aus.

»Wer hat denn die tollen Fotos gemacht?«, frage ich.

»Einer der Schüler. Er hat sich unbemerkt unter euch gemischt und euch gestern den ganzen Tag über heimlich fotografiert. Gefallen sie euch?«

»Super! Genial!«

»Okay, dann kommen wir gleich zum nächsten The-

Frau Sauerbrei

ma. Ich würde euch gern die Schülerfirmen vorstellen, bei denen ihr euch bewerben könnt. Wie ihr ja schon wisst, habt ihr an zwei Tagen die Woche nachmittags normalen Unterricht, dienstags und donnerstags beteiligt ihr euch in einer der Firmen. Das Fotoatelier ist übrigens eine davon. Prince gehört da zur Mannschaft. Er hat auch die tollen Fotos gemacht. Es gibt aber noch andere schöne Möglichkeiten.«

Prince schon wieder! Ich dreh mich noch einmal um, um mir mein Foto genauer anzusehen. Es ist hinter unserem Haus geschossen worden. Er muss es gemacht haben, als ich ihn getroffen habe und Fleur mich aus dem

Zimmer ausgesperrt hat. Hatte er da überhaupt eine Kamera dabei? Ich kann mich nicht daran erinnern. Aber das ist ja letztendlich auch egal. Ich bin sowieso nicht mehr lange hier.

Dennoch verfolge ich neugierig, welche Schülerfirmen Frau Sauerbrei an die Tafel schreibt:

>Fotoatelier
>Künstlerwerkstatt
>Schreiblabor
>Inselpost (Schülerzeitung)
>Tonstudio (Hörspiel)
>Musikscheune (Chor und Band)
>Rettungsschwimmer
>Helferclub
>Kochstudio
>Biogarten

Als alle Firmen an der Tafel stehen, meldet sich Marie und fragt: »Aber vom Prinzip her sind die Firmen ganz normale AGs, oder? Außer dass jemand die Idee hatte, die Ateliers durch andere Namen aufzupeppen. Wir bekommen keine Noten und die Firmen sind nicht versetzungsrelevant.«

Was wollte Marie später noch mal werden? Erfolgreiche Anwältin? Das schafft sie bestimmt!

»Du hast recht, Marie. Allerdings könnt ihr entlassen werden.«

»Entlassen? Und was hat das für Folgen?«

Vielleicht hätte Marie sich um die Sache mit der Zimmeraufteilung kümmern sollen. Die hätte die Kuhn bestimmt davon überzeugt, dass das mit Fleur und mir nicht funktionieren kann. Als Marie und Frau Sauerbrei fertig diskutiert haben, meldet sich Shanti.

»Also ich bin schwer dafür, dass Marie unsere Klassensprecherin wird.«

»Gute Idee«, pflichte ich bei und beiße mir danach auf die Lippe. Ich sollte mich aus allem raushalten, was den Klassenverband betrifft.

»Die Klassensprecherwahl ist erst Anfang nächster Woche, wenn ihr euch besser kennt. Jetzt besprechen wir erst einmal kurz den Stundenplan.« Frau Sauerbrei wirft einen Blick auf die Uhr. »Und in der nächsten Stunde schreibt ihr dann eure Bewerbungen für die Schülerfirmen. Die müsst ihr nämlich heute schon abgeben, damit wir planen können und es dann direkt morgen losgehen kann.«

»Können wir denn auch abgelehnt werden? Und was passiert dann?«, fragt Marie.

»Es sind noch viele Plätze in den verschiedenen Firmen frei. Gibt es bei einer zu viele Bewerber, entscheiden die Mitglieder demokratisch, wen sie aufnehmen und wen nicht. In diesem Fall dürfen wiederum andere Firmen euch anfordern.«

»Das heißt, wir können auch irgendwo landen, wo wir gar nicht reinwollen?«

»Exakt! Deswegen müssen eure Bewerbungen ja auch richtig gut werden. Und nun zum Stundenplan ...«

Ich kaue auf meinem Füller herum und starre die Tafel an. Na super! Und jetzt? Shanti und Miu sind schon fleißig am Schreiben. Nächste Woche bin ich doch sowieso nicht mehr da. Warum soll ich mir dann jetzt irgendwelche Argumente einfallen lassen, warum ich unbedingt ausgerechnet in die eine oder die andere Schülerfirma will? Unter normalen Umständen wäre die Sache für mich klar: Schreiblabor und Rettungsschwimmer. Fotografieren fände ich auch nicht schlecht, aber das hätte sich durch Prince' Anwesenheit sowieso erledigt. Außerdem bin ich mir sicher, dass mindestens die Hälfte der Klasse da reinwill, nachdem Frau Sauerbrei die Fotos so toll präsentiert hat. Dass Shanti eine Bewerbung für den Helferclub schreibt und eine für den Biogarten habe ich auch gleich gewusst. Und Miu freut sich natürlich diebisch auf das Kochstudio. Dass sie als zweite Firma die Musikscheune ausgewählt hat, wundert mich allerdings schon ein wenig.

Eine Schulstunde haben wir für die Bewerbungen Zeit. Fünf Minuten sind schon rum – mein Blatt ist leer ...

Nach zehn Minuten ist es immer noch schneeweiß, da steht Frau Sauerbrei plötzlich hinter mir und schaut über meine Schulter.

»Was ist los, Paulina?«, fragt sie leise.

Ich zucke mit den Schultern. »Weiß nich ...«

»Was weißt du nicht? In welche Firmen du möchtest oder was du dafür schreiben sollst?«

»Beides.«

»Frau Blumenthal hat mir erzählt, dass du sehr gern schreibst. Da stimmt doch, oder?«

»Ja, schon, aber ... Ach, ich weiß auch nicht.« Ganz plötzlich ist mir zum Heulen zumute. Durch den ganzen Trubel gestern und heute Morgen bin ich gar nicht dazu gekommen, meine Strategie weiter auszubauen. Ich habe ein richtig schlechtes Gewissen, weil ich so gut wie gar nicht an Kira gedacht habe. Die wartet zu Hause schon sehnsüchtig auf mich, und ich bekomme es nicht auf die Reihe, einen auf Heimweh zu machen. Und das Schlimmste ist: Ich habe wirklich kein Heimweh! Irgendwie finde ich es sogar schade, dass ich bald nicht mehr hier sein werde. Auf der anderen Seite möchte ich trotzdem zurück zu meinen Freunden. Ich fühle mich hin- und hergerissen. Und mir geht's gar nicht gut dabei.

»Willst du mir nicht sagen, was los ist? Wollen wir vielleicht kurz vor die Tür gehen?«

»Okay.« Immer noch besser, als jetzt hier vor der ganzen Klasse in Tränen auszubrechen. Vielleicht kommt mein Frust ja auch nur durch die Müdigkeit. Ich habe verdammt wenig geschlafen die letzte Zeit. Gestern so gut wie gar nicht – und vor unserer Abreise in Bottrop auch nicht.

Frau Sauerbrei bestimmt eine Vertretung und wir gehen auf den langen Korridor hinaus.

Vor einem großen Fenster bleiben wir stehen.

»Ist der Brunnen nicht hübsch?«, fragt sie.

Der ist wirklich toll. Zwei weiße Steinengel halten gemeinsam einen großen flachen Korb, auf den von oben das Wasser platscht. Die großen Tropfen zerspringen in viele kleine und rieseln dann an den Seiten nach unten.

»Voll kitschig«, sage ich und seufze wehleidig. »Aber auch schön.«

»Ich hab mir früher oft vorgestellt, dass es ein Wunschbrunnen ist. Manchmal habe ich sogar mit den Engeln geredet und sie gebeten, mir in schwierigen Situationen zu helfen.«

»Und, haben sie?«

»Ja. Weil es mir durch das Reden schon viel besser ging. Danach waren meine Probleme irgendwie kleiner. Kennst du das Sprichwort *Geteiltes Leid ist halbes Leid?*«

»Ich erzähle alles meiner Freundin Kira. Die versteht mich immer. Und mir geht's danach auch viel besser. Aber die ist ja nicht hier.«

»Ah, daher weht der Wind. Du vermisst also deine beste Freundin.«

»Hm.«

»Da ging's mir damals ähnlich. Ich habe anfangs meine Freundin auch sehr vermisst. Erst als ich mich hier mit Carina angefreundet habe, wurde es besser. Die kennst du übrigens.«

»Frau Blumenthal. Hab ich mir schon gedacht.«

»Ja, wir hatten eine ganz tolle Zeit hier zusammen. Sie

hat vielleicht Augen gemacht, als sie erfahren hat, dass ich hier Lehrerin werde. Ich musste ihr hoch und heilig versprechen, dass ich ihr alles über die Geheimgänge verraten werde. Sie hat ständig danach gesucht und war überzeugt davon, dass einer direkt hier unten am Brunnen beginnt.«

»Und?«, frage ich neugierig.

»Tja, dazu darf ich mich leider nicht äußern.« Frau Sauerbrei lacht. »Und was machen wir nun mit dir?«

Ich nehme all meinen Mut zusammen und sage: »Ich glaube, ich möchte wieder nach Hause.«

Frau Sauerbrei schweigt eine Weile, dann antwortet sie: »Du sagst, dass du es glaubst. Das bedeutet, dass du es noch nicht hundertprozentig weißt. Ich verspreche dir aber, dass ich dir helfe, wenn du dir ganz sicher bist, okay?«

Hat die mich jetzt ausgetrickst?

»Und wenn ich Ihnen jetzt sage, dass ich mir schon ganz sicher bin?«

»Dann gehen wir gleich nach dem Unterricht gemeinsam zu Frau Kuhn und rufen deine Eltern an. Aber gib dir doch einfach noch ein bisschen Zeit. Mein Angebot steht, versprochen!«

»Na gut.« Heute ist ja sowieso erst der zweite Tag. Frau Sauerbrei scheint es ernst zu meinen. Also kann ich morgen immer noch sagen, dass ich definitiv wieder heim will.

»Du solltest jetzt aber trotzdem deine Bewerbungen

fertig machen. Nur so für alle Fälle. Was würde dir denn am meisten zusagen?«

»Auf jeden Fall das Schreiblabor.«

»Na, siehst du! Und hast du schon eine Idee? Vielleicht eine Geschichte, die du einreichen könntest? So was wirkt immer gut.«

Ja, *Prinzessin Wischmopp*. Die lachen sich kaputt, wenn die das lesen. Aber schneller komme ich nicht zu einem Ergebnis. Und die Sauerbrei gibt dann Ruhe.

»Ich habe gestern eine geschrieben. Aber die habe ich nicht dabei. Kann ich schnell aufs Zimmer, um sie zu holen? Dann muss ich sie nur abschreiben.«

»Na gut, aber beeil dich.«

»Ja, klar.«

Ich bin schon auf dem Weg, da ruft Frau Sauerbrei mir noch hinterher: »Danke Paulina, dafür, dass du so ehrlich warst.«

Irgendwie freut mich das. Und es geht mir auch wieder etwas besser. Frau Sauerbrei hat recht. Allein das Reden darüber hat die ganze Sache erträglicher gemacht. Außerdem will sie mir helfen. Ich lächle ihr zu, dann renne ich schnell rüber zu unserem Dorf, um mein Manuskriptbuch aus Italien zu holen. Dabei überlege ich, ob ich einen kurzen Abstecher zu Sam mache. Nur, um mal eben nachzuschauen, ob auch wirklich alles in Ordnung ist. Aber ich entscheide mich dagegen. Ich habe Frau Sauerbrei versprochen, mich zu beeilen. Und das mache ich auch.

»Das ging aber flott!«, sagt sie, als ich nur wenig später wieder in der Klasse stehe.

Ich nicke bloß, weil ich so außer Atem bin, dass ich gar nichts sagen kann. Ich bin beide Strecken gerannt – hin und zurück.

»Alles in Ordnung?«, fragt Shanti leise, als ich mich neben ihr auf meinen Stuhl fallen lasse.

»Ja, und bei dir?«, antworte ich – und wir müssen beide grinsen.

Ich übertrage die Geschichte schnell auf ein weißes Blatt Papier. Dann fülle ich den ersten der beiden Bewerbungsbogen aus, die Frau Sauerbrei vorhin ausgeteilt hat. Name, Alter, Klasse – und dann die Begründung, warum ich in die Firma aufgenommen werden möchte:

Ich möchte gerne im Schreiblabor arbeiten, weil ich beim Lesen alles um mich herum vergesse und dabei in komplett andere Welten abtauche.

Beim Schreiben geht es mir genauso. Plötzlich ist alles um mich herum unwichtig. Dann bin ich in meiner Welt. Oder in einer Welt, so wie ich sie mir vorstelle.

Ich möchte gerne Schriftstellerin werden!

Paulina

Den zweiten Bogen für die Rettungsschwimmer habe ich schnell ausgefüllt. Ich habe nur noch fünf Minuten Zeit, also muss es ganz flott gehen.

Ich möchte für die Rettungsschwimmer arbeiten, weil ich in den Sommerferien mein Jugendschwimmabzeichen in Gold bestanden habe.
Viele Grüße, Paulina

Als alle fertig sind, sammelt Frau Sauerbrei die Bewerbungen ein.
»Wann erfahren wir, ob die Teilnahme klappt?«, fragt Isa.
»Heute Abend schon. Die Bögen werden jetzt sofort ausgewertet. Nach dem Abendessen treffen wir uns kurz zur Besprechung bei euch oben im Wohnzimmer.«
Kira, Luca und Noah müssen noch bis nächste Woche warten, bis sie erfahren, in welche AGs sie kommen. In der alten Schule muss man auch einen Zweitwunsch und sogar einen Drittwunsch angeben, weil immer alle in die gleichen Ateliers wollen. Und danach fängt dann das Chaos an, weil viele unzufrieden sind und tauschen wollen. Gut organisiert scheinen sie hier im Internat auf alle Fälle zu sein!
»Morgen beginnt der Unterricht pünktlich um 8.15 Uhr. Wir legen dann direkt los. Ich möchte mit euch etwas aus einem meiner Lieblingsbücher lesen: *Die Brüder Löwenherz* von Astrid Lindgren. Kennt das jemand?«
Ich will mich gerade melden, da sehe ich Fleurs Hand nach oben schnellen. »Ein traumhaft gut gelungenes Buch mit ganz tollen Protagonisten«, gibt sie stolz zum Besten.

Hä? Wo hat sie das denn her?
»Sonst niemand?«
Soll ich? Ich entscheide mich dafür, mich nicht durch Fleurs Angebergerede beeindrucken zu lassen, und melde mich.
»Paulina, wie findest du das Buch?«
»Einfach nur schön«, sage ich schlicht.
Frau Sauerbrei lächelt. »Ja, das finde ich auch.«
Nur wenige Sekunden darauf klingelt es. Pause.

Ich gehe gemeinsam mit Shanti nach draußen. Die anderen unterhalten sich ganz aufgeregt über ihre Bewerbungen und den Stundenplan.
»Was war los?«, fragt Shanti mich.
»Du zuerst.«
»Ach, das Übliche. Sie wollten wissen, ob ich irgendwas weiß, ob Sam sich gemeldet hat. Dass ich sofort Bescheid geben soll, wenn ich was von ihm höre. Zum Glück habe ich heute Morgen noch alle Nachrichten von ihm gelöscht. Ich habe so getan, als würde ich noch mal meine Nachrichten checken.«
»Du hast Nerven!«
»Ja, aber ich bin mir sicher, dass die mir nicht glauben. Frau Kuhn hat mich gefragt, ob ich mir gar keine Sorgen mache. Ich würde so gefasst wirken – so, als ob ich es vorher schon gewusst habe und so. Wir müssen verdammt aufpassen.«
»Habt ihr schon einen Plan, wie es weitergehen soll?

Ich meine, Sam kann ja nicht immer nur auf dem Zimmer bleiben. Außerdem kommt Lennart nächste Woche und will sein Bett haben.«

»Ehrlich gesagt noch nicht. Ich bin jetzt einfach nur froh, dass er hier ist. Hast du eigentlich auch Geschwister zu Hause?«

»Ja, Katta, die alte Dumpfbacke. Sie ist fast drei Jahre älter als ich. Und eine echte Nervbratze!«

»Wirklich? Ich hätte gern eine große Schwester.«

»Du kannst meine haben.« Ich finde den Vorschlag einmalig. »Ich schenk sie dir!«

»Nee, lass mal, wenn, dann will ich eine nette, keine … wie hast du sie genannt?«

»Nervbratze.«

»Okay, keine Nervbratze also. Und was war vorhin bei dir los?«

»Ich bin mir nicht sicher, ob ich hierbleiben will«, gebe ich zu. »Und das habe ich der Sauerbrei erzählt.«

»Hab ich mir schon gedacht. Also, ich fänd's schade, wenn du gehen würdest. Aber verstehen könnte ich es schon.«

Es klingelt und alle Schüler strömen wieder zum Schlosseingang. Wir sind schon fast da, als plötzlich Carla auf mich zukommt, das Mädchen, das so unsterblich in Prince verliebt zu sein scheint ... Ob es ihr mittlerweile besser geht? Ich grüße sie freundlich und will an ihr vorbeigehen, da greift sie nach meinem Arm und hält mich fest.

»Brauchst gar nicht so freundlich tun«, keift sie. »Ich weiß ganz genau, was du vorhast!«

Was? Was hat die denn für 'ne Schraube locker sitzen? Mir fällt vor Schreck gar nicht ein, was ich darauf antworten soll.

»Halt dich gefälligst von Prince fern, ist das klar?« Die blöde Kuh hält immer noch meinen Arm fest.

»Ob das klar ist, habe ich gefragt.«

Jetzt reicht's aber! »Boah, wer hat dir denn das Gehirn vernebelt?«, frage ich und reiße mich los. »Komm, lass uns gehen«, sage ich zu Shanti, die mit offenem Mund neben mir steht. »Das ist mir echt zu doof!«

Ich gehe weiter, in der Hoffnung, dass die Durchgeknallte uns nicht nachläuft.

»Wow«, sagt Shanti, als wir im Schloss sind, »das war ja ein Ding. Wer war denn das?«

In dem Moment kommt uns ausgerechnet Prince auf dem Gang entgegen. Na super, schlimmer kann es ja wohl kaum werden.

»Pass gefälligst auf deine Weiber auf!«, gifte ich ihn an. »Die ticken anscheinend nicht richtig.«

»Was?« Prince guckt wie ein Auto. Wahrscheinlich denkt er, dass ich hier die Durchgeknallte bin.

»Ich meine deine Freundin!«, sage ich – und es kommt noch schlimmer, denn plötzlich taucht die Verrückte wieder auf.

»Wusst ich's doch!«, schreit sie. Sie rennt auf mich zu, holt aus und ... Prince packt im letzten Moment ihre Hand.

»Carla, spinnst du?«, fragt er.

»Mann, klärt das gefälligst unter euch!«, schimpfe ich und sehe zu, dass ich mich schnell vom Acker mache.

Shanti läuft hinter mir her. Als sie mich eingeholt hat, sagt sie: »Das war ja der absolute Oberhammer! Eins steht schon mal fest: Du musst mir heute Abend ganz genau berichten, was das alles zu bedeuten hat. Wenn du es nicht tust, sterbe ich vor Neugier!«

Ich seufze laut auf. »Mach ich, versprochen.«

Jetzt haben wir erst einmal eine Stunde Englisch bei Mrs. Smith-Pennywacker. Klingt nach Muttersprachlerin, umso besser. Und ich will nicht gleich beim ersten Mal zu spät kommen.

Wir schaffen es gerade noch rechtzeitig. Unsere Englischlehrerin steht schon an der Tür und wir können uns gerade noch so an ihr vorbeischlängeln.

»Die sieht aus, als wäre sie irgendeine stinkreiche Firmenchefin«, flüstert Shanti.

Mrs. Smith-Pennywacker hat lange rotblonde Haare, trägt hochhackige Schuhe, Rock, eine rosa Bluse mit weißen Pünktchen und passend dazu eine rosa Brille auf der Nase, die immer leicht nach vorn rutscht, sodass sie sie ständig zurückschieben muss. Vielleicht ist Firmenchefin nicht der richtige Ausdruck für sie, aber sie könnte gut für eine der teuren Frauenzeitschriften auf dem Titelblatt posieren, denn eigentlich sieht sie richtig schick aus.

»*Good morning boys and girls!*« Mrs. Smith-Pennywacker spricht nicht, sie singt! Zumindest hört es sich fast so an. Das kann ja heiter werden. Hoffentlich nicke ich nicht ein, weil ich denke, dass mir jemand ein schönes Schlaflied singt.

Aber dazu kommt es nicht. Der Unterricht ist nämlich echt anstrengend. Die Pennywacker testet gleich in ihrer ersten Stunde unsere Aussprache. Jeder muss was vorlesen. Englisch war ja nie so meine Stärke, aber lesen kann ich es ganz gut. Ich hab es nur nicht so mit dem Vokabeln lernen. Faulheit nennt man das, meint Mutsch zumindest. Die Pennywacker macht sich emsig Notizen. Als wir uns selbst mit ein paar Sätzen vorstellen müssen, komme ich ins Schleudern. Plötzlich ist aller Wortschatz aus meinem Kopf verschwunden. Aber dann fällt mir ein, dass wir das in Bottrop auch mal machen mussten. Ich hab damals mit Kira zusammen die Hausaufgaben gemacht und wir haben uns gegenseitig vorgestellt. Dabei hat Kira ständig an mir rumkritisiert. Jetzt rettet mich das!

»*My name is Paulina. I was born in Bottrop. I have one older sister, she is called Katta and fourteen years old. I have three hobbies: writing, swimming and reading ... I love ...* Was heißt Tauben?«

»*Pigeons*«, singt die Pennywacker, und ich finde, ich habe meine Sache gar nicht mal schlecht gemacht.

Doch als die anderen sich vorstellen müssen, höre ich gar nicht mehr zu. Ich bin echt müde. Außerdem schweifen meine Gedanken ständig ab zu der seltsamen Attacke von Carla. Die kann doch nicht wirklich ernsthaft glauben, dass ich irgendwas von ihrem blöden Macker will!

Graf Dracula flügellahm

15 Uhr! Schulschluss.

»Puh«, schimpft Theo, »der erste Tag war echt hart. Die Sauerbrei und die Lapp sind ja ganz nett, aber der Philippon und die Pennywacker sind schon krass drauf.«

Ich nicke zustimmend.

»Wollen wir nach Sam schauen?«, fragt Shanti. »Über den Unterricht quatschen können wir auch später.«

Theo nickt. »Ja, klar!«

»Seid mir nicht böse, aber ich würde gern erst einmal telefonieren«, sage ich. Außerdem brauche ich ein bisschen Zeit für mich.

Die beiden nicken mir verständnisvoll zu und dampfen ab.

Seit der SMS heute Morgen habe ich von Kira nichts mehr gehört. Aber ich habe ihr ja auch geschrieben, dass ich mich wieder melde. Wahrscheinlich wartet sie schon längst auf meinen Anruf.

Ob ich mich an den Seerosenteich setze oder an den Wunschbrunnen? Wahrscheinlich ist an beiden Stellen jetzt Hochbetrieb ... Ich könnte zur Kapelle gehen. Da ist bestimmt niemand. Um 18.30 Uhr gibt es Essen, wenn ich eine Stunde vorher bei Theo aufschlage, reicht das vollkommen. Ich habe also noch genug Zeit für eine gemütliche Runde um die Insel.

Ich gehe über den Schlosshof, den gewundenen Weg mit den glitzernden Kieselsteinen entlang, hinaus aus dem Tor. Dass ich erst gestern mit Theo hier das erste Mal langgerannt bin, kann ich kaum glauben. Es kommt mir viel länger vor. Um die ganze Insel herum führt ein kleiner Weg, manchmal nur ein Trampelpfad. Ich beginne meine Tour an der Anlegestelle und bekomme gerade noch mit, wie die Fähre ablegt. Stimmt ja, es gibt auch einige Schüler, die drüben im Dorf, also auf dem Festland, wohnen. Ob aus unserer Klasse auch jemand dabei ist? Von den Mädchen auf jeden Fall nicht. Die haben alle ein Zimmer in Italien.

Ich trete auf den Steg und schaue zu, bis die Fähre am anderen Ufer ankommt. Das dauert echt nicht lang, sie ist insgesamt nur drei Minuten unterwegs. Ein paar Schüler steigen aus, ich schätze, es sind ungefähr zehn. An Bord geht niemand. Trotzdem macht sich das kleine Fährschiff wieder auf den Weg zurück zur Insel. Ich laufe am Wasser entlang bis zum Bootshaus. Es ist niemand da, also husche ich schnell hinein und schaue mich nach Sams Kanu um. *MCG* steht groß auf der Seite geschrieben. Das ist mir in der Nacht gar nicht aufgefallen. Was es wohl zu bedeuten hat? Dass Sam in der Dunkelheit über den Rhein gepaddelt ist, war ganz schön mutig – und saugefährlich. Hier tuckern nämlich oft große Frachtschiffe vorbei. Ich will mir gar nicht vorstellen, was dabei alles hätte passieren können.

Vom Bootshaus aus führt der Weg eine Zeit lang durch ein kleines Wäldchen. Na ja, zumindest stehen hier viele Bäume dicht zusammen, von einem ganzen Wald kann man eigentlich nicht sprechen. Dann muss ich ein kleines Stück quer über die Insel und ich bin bei der Kapelle. Auch hier ist zum Glück weit und breit niemand zu sehen.

In der Kapelle ist es unheimlich still. Ich setze mich ganz vorn in die erste Bank und schließe die Augen. Mit Oma, Mutsch und Katta war ich mal im Kölner Dom. Der ist riesig und eigentlich kann man ihn mit der kleinen Kapelle hier nicht vergleichen, aber trotzdem fühle ich mich ähnlich ... irgendwie ... ganz ergriffen. Und so, als ob ich nicht allein hier wäre.

Ich öffne die Augen und schaue mich um, aber außer mir ist wirklich niemand hier. Und das ist ein verdammt großartiges Gefühl. Wenn ich hierbleiben würde, dann wäre nicht der Brunnen, der so gut einsehbar ist, sondern diese kleine Kapelle mein Lieblingsplatz. Und es ist genau der richtige Ort, um in Ruhe mit Kira zu telefonieren.

Kira geht sofort ran. »Na endlich! Ich hab schon gedacht, du meldest dich gar nicht mehr.« Es ist schön, ihre Stimme zu hören. Jetzt merke ich wieder, wie sehr sie mir fehlt.

»Ja, hier war ganz schön was los ...« Ich weiß gar nicht, wo ich anfangen soll. Am meisten beschäftigt mich momentan die Sache mit Carla, aber die nächtliche Aktion mit Sam war auch nicht schlecht. Und dann ist da noch das Gespräch vorhin mit Frau Sauerbrei ...

»Erzähl!«, fordert Kira mich auf. Und ich beschließe, einfach von vorn anzufangen.

»Also, pass auf«, sage ich, »Fleur schnarcht mindestens genauso laut wie Madame Butterfly.« Madame Butterfly ist Kiras Hund. Sie ist schon sehr alt, liegt nur noch faul rum und macht dabei ganz eigenartige Geräusche. »Auf jeden Fall konnte ich nicht einschlafen und da habe ich ...«

Kira hört die ganze Zeit einfach nur zu. Ab und an stellt sie eine kurze Zwischenfrage, wie: »Und du hattest keine Angst, nachts allein über die Insel zu schleichen?« oder: »Das glaub ich jetzt nicht! Der schon wieder? Und der heißt in echt so? Du veräppelst mich!«

Schließlich beende ich meine Ausführungen mit: »Und jetzt bin ich hier, ganz allein in dieser kleinen Kapelle.«

»Die mit dem Geheimgang?«, fragt Kira.

»Ja, hier gibt es nur die eine.«

»Krass! Schade, dass ich nicht auch da bin, dann könnten wir gemeinsam danach suchen. Wir würden bestimmt alle Gänge finden.«

»Das wär cool«, antworte ich. »Richtig cool!«
»Paulina?«
»Ja?«
»Nicht, dass es dir auf einmal so gut gefällt, dass du gar nicht mehr zurückkommen willst.«
»Ich hab Frau Sauerbrei schon gesagt, dass ich gerne wieder nach Hause möchte.«
»Und was meint sie?«
Wie soll ich das jetzt erklären?
»Dass ich es mir noch eine Weile angucken soll. Sie meint, es wäre noch zu früh, eine Entscheidung zu treffen.« Ich mache eine kurze Pause, dann schiebe ich schnell noch hinterher: »Aber immerhin weiß sie es schon. Ich hab sie also darauf vorbereitet.«
»Gut, es ist nämlich verdammt langweilig hier ohne dich.« Kira gähnt demonstrativ.
Von Langeweile kann ich natürlich gar nicht berichten, aber ich bin ja nicht dumm. Ich weiß, dass es hier nicht ewig so aufregend weitergehen kann. Spätestens ab der nächsten Woche wird es richtig stressig werden, und zwar was das Lernen angeht.
»Ich bin bald wieder zurück, ganz sicher«, sage ich. Mein Blick fällt auf eines der Fenster, durch das gerade die Sonne strahlt. Mir ist noch gar nicht aufgefallen, dass die Glasscheiben aus vielen kleinen Einzelteilen bestehen, die wie Rosen aussehen. Das Rosenmotiv taucht hier auf der Insel immer wieder auf, an ganz verschiedenen Stellen.

»Was hast du heute noch vor?«, fragt Kira, da macht es auf einmal Platsch!

»Moment mal, da ist gerade was ans Fenster geflogen!«, sage ich und renne schnell mit dem Hörer am Ohr nach draußen.

»Oh!«, rufe ich aus und knie mich auf den Boden. »Auf dem Boden liegt eine Taube. Sie sieht ganz benommen aus, will wegfliegen, aber sie kommt nicht mehr hoch ... Warte mal, sie hat einen Ring. Es ist eine Brieftaube!«, sage ich überrascht.

Da fallen mir Herr Naunheim und seine alten Taubenkäfige wieder ein. »Ich muss jetzt auflegen. Aber ich ruf dich nachher noch mal an, okay?«

»Ja, ist gut. Bis später.«

»Komm mal her«, locke ich die Taube sanft und stecke das Telefon ein. Dann hebe ich sie vorsichtig hoch. Sie ist dunkel, hat ein fast schwarzes Gefieder. »Fliegst einfach gegen das Fenster, ts, ts!«

Und jetzt? Die Fähre war vorhin wieder auf dem Weg zur Insel. Vielleicht habe ich ja Glück und Herr Naunheim ist hier in seinem Garten oder beim Taubenschlag.

Ist er natürlich nicht! Es ist weit und breit niemand zu sehen. Entweder ist er an der Anlegestelle, im Schloss oder irgendwo anders auf der Insel unterwegs. Hoffe ich zumindest. Am besten lege ich die Taube in einen der Käfige und mache mich schleunigst auf die Suche nach ihm. Und vielleicht erholt sich die arme ja auch, wenn sie Ruhe hat.

Ich öffne das Tor, das zum Garten mit dem Taubenschlag führt. Bis auf zwei Käfige sind alle besetzt. Ich bette das Täubchen auf meine Knie und schließe den freien Käfig auf.

»So, hier wartest du jetzt«, sage ich leise. Dann schließe ich schnell die Tür, springe auf – und bekomme einen Mordsschrecken.

»Das Angebot, mich hier zu besuchen, um dir die Tauben anzuschauen, hast du gänzlich missverstanden. Anschauen, nicht anfassen!«

Eisblaue Augen fixieren mich aus nächster Nähe! Dass bestimmte Leute hier ständig einfach so wie aus dem Nichts auftauchen, macht mir echt langsam Angst. Aber ich lasse mich nur einen kurzen Moment einschüchtern.

»Sie ist gegen ein Kapellenfenster geflogen! Ich habe den Vogel hier nur reingelegt, um Sie dann zu suchen. Und außerdem«, betone ich und ziehe dabei eine Augenbraue hoch, »würde ich niemals ungefragt an Ihre Käfige gehen!«

»Gegen ein Kapellenfenster, sagst du?« Herr Naunheim hört mir gar nicht mehr richtig zu. Er hat schon den Käfig geöffnet und nach der Taube gegriffen. In seiner großen Hand sieht sie auf einmal ganz winzig aus.

»Wen haben wir denn da?«, fragt er und dreht sie sanft hin und her. »Die gehört auf jeden Fall nicht zu meinen.«

»Wo kommt sie denn her?«, frage ich.

»Mal sehen, was uns der Ring verrät.«

Mit dem Ring kann man Tauben identifizieren und den Züchter finden. Lady Gaga hat auch so einen. Herr Naunheim schaut genau nach, aber dann schüttelt er den Kopf: »Man kann nicht mehr alles erkennen. So finden wir den Besitzer nicht. Am besten, wir warten erst einmal ab, ob er die Nacht übersteht.«

»Er?«

»Ja, es ist ein Tauber.«

»Darf ich ihn noch einmal sehen?«, frage ich.

Herr Naunheim hält mir den Taubenmann noch einmal vor die Nase.

»Wenn es meiner wäre, würde ich ihn Graf Dracula taufen«, sage ich spontan und Herr Naunheim fängt schallend an zu lachen. »Irgendwie erinnert er mich an die Fledermäuse da unten im Geheimgang«, erkläre ich. Mir ist die spontane Namensgebung etwas peinlich.

»Komm morgen wieder. Und wenn es dem Tauber dann gut geht, gehört er dir. Dann darfst du ihn nennen, wie du willst.«

»Echt? Cool! Danke!«

»Aber mach dir nicht zu viel Hoffnung, er sieht ziemlich angeschlagen aus.«

»Er schafft das!«, sage ich zuversichtlich und werfe einen Blick auf die Uhr. »Halb sechs schon. Jetzt muss ich aber schnell los. Bis morgen!«

Ich bin mir ganz sicher, dass es Graf Dracula morgen besser geht. Ob ich ihn mit nach Bottrop nehmen darf?

Ich klopfe atemlos an Theos Fenster und Shanti steckt ihren Kopf heraus.

»Da bist du ja endlich! Du musst vorn reinkommen. Durchs Fenster zu klettern gibt Ärger.«

»Schon klar!« Ich laufe zum Eingang und poche kurz darauf an Theos Zimmertür.

»Parole?«, fragt Theo mit verstellter Stimme.

Witzbold. »MCG«, sage ich.

Theo öffnet die Tür. »Was soll das denn heißen?«

»Keine Ahnung. Steht auf dem Kanu, das Sam sich *geliehen* hat.«

»Du warst im Bootshaus?«, fragt Sam von hinten.

»Ja, ist noch keinem aufgefallen, dass jetzt ein Boot mehr dasteht.« Ich lasse mich auf das Bett neben Shanti fallen.

»Wir müssen Essen für Sam organisieren. Ich hab schon überlegt, ob wir einfach was aus dem Kühlschrank nehmen, aber das fällt bestimmt auf. Besser, wir lassen es beim Abendessen verschwinden.«

»Ich hab noch zwei Mettwürstchen und Toast von gestern. Und einen Apfel. Wenn du willst, hole ich dir die Sachen«, sage ich zu ihm.

»Mettwürstchen? Bah!« Shanti verzieht die Augen.

»Ich hab kein Problem mit totem Schwein. Immer her damit! Ich hab höllischen Kohldampf.« Sam klopft sich auf den Bauch.

Schnell laufe ich rüber in mein Zimmer. Auf dem Bett sitzt Fleur und lackiert sich die Fußnägel – in verschiedenen Farben! Die will sich wohl bei der Sauerbrei einschleimen!

»He, jetzt habe ich danebenlackiert!«, beschwert sie sich. »Kannst du nicht anklopfen? Ich hab mich voll erschreckt.«

Hallo? Das ist auch mein Zimmer! Aber eigentlich ist die Idee nicht schlecht.

»Können wir so machen. Aber dann klopfst du auch an«, schlage ich vor.

Fleur überlegt einen Augenblick. Wieso muss die darüber jetzt noch nachdenken? Ich seufze genervt auf und ziehe den Koffer unter dem Bett hervor.

»Abgemacht«, sagt Fleur.

Zufrieden schnappe ich mir die Proviantbox und düse wieder aus dem Zimmer. Auf dem Gang kommen mir der Pinguin und ein Mann entgegen, den ich bisher hier noch nicht gesehen habe. Er hat graues langes Haar, das bis auf seine Schultern fällt, trägt Jeans, ein schwarzes Hemd mit komischen Stickereien und Sandalen.

Der Pinguin

»Paulina, zu dir wollten wir gerade. Weißt du vielleicht, wo Shanti sich rumtreibt? Ihr Vater ist da.«

»Guten Tag«, sage ich und strecke ihm die Hand entgegen. »Ich bin Shantis Freundin.« Vor lauter Schreck fällt mir nichts Besseres ein.

»Oh, ein Mädchen mit Manieren, wie schön.« Shantis Vater hat eine ganz tiefe, richtig tolle Stimme. Wenn ich nicht wüsste, dass er Psychiater ist, würde ich denken, er sei Märchenonkel – oder Synchronsprecher. Er greift meine Hand und drückt sie fest. Ich erwidere den Händedruck. Das hat Oma mir beigebracht – nie die Hand einfach schlabberig hinhalten, kräftig zupacken!

Er lächelt mich an. »Da hat sich meine Tochter aber eine sympathische Freundin ausgesucht.«

»Danke«, sage ich und werde tatsächlich rot.

»Und, kannst du uns nun sagen, wo Shanti sich rumtreibt?«

Boah, gut, dass ich eben schon rot geworden bin, dann fällt es jetzt nicht mehr so auf. »Nein«, lüge ich und meine Wangen fangen an zu glühen. Ich kann ja jetzt schlecht sagen, dass sie bei Theo ist – und Sam.

»Soll ich sie suchen? Vorhin war sie irgendwo draußen am Teich.«

»Das wäre nett, Paulina.« Der Pinguin lächelt mich an.

»Kein Problem, mach ich gern.« Nur weg hier, ganz schnell!

»Sag ihr, sie soll rüber in mein Büro kommen, wenn du sie findest, ja?«, ruft mir die Kuhn hinterher.

Ich drehe mich noch einmal kurz um und nicke ihr zu. Und dann seh ich ganz schnell zu, dass ich hier rauskomme. Vorsichtshalber nehme ich den Weg hinten rum. Nicht dass die beiden mich vielleicht sehen, wie ich nach England gehe.

Wieder klopfe ich ans Fenster.

»Warum kommst du nicht einfach rein?« Theo guckt mich vorwurfsvoll an.

»Scherzkeks, wär ich ja gerne. Aber dann hätten sie mich vielleicht gesehen.« Ich steige ein und lege eine bedeutungsvolle Pause ein. »Euer Vater ist hier. Sie suchen Shanti.«

»Scheiße«, höre ich sie laut sagen.

»Geh lieber schnell rüber in Pinguins Büro, bevor die noch auf die Idee kommen, hier bei Theo zu suchen. Die wissen doch, dass wir uns gut verstehen.«

»Mach ich sofort, aber erst mal muss ich Pipi.« Shanti wippt auf dem Boden hoch und runter. »Ganz dringend!«

Die Veranstaltung in der Aula fällt mir wieder ein. Da hat Shanti mir anvertraut, dass sie immer zur Toilette muss, wenn sie aufgeregt ist.

»Wird schon alles gut gehen«, sage ich. Aber Shanti nimmt mich gar nicht mehr wahr. Sie ist schon auf dem Weg zur Tür.

»Oh Mann«, sage ich zu Sam, als sie weg ist, »dein Vater kann einen ganz schön durchdringend anschauen. Ich bin ganz rot geworden.«

»Das ist seine Spezialität. Damit kann er einem sogar

ein schlechtes Gewissen machen, wenn man gar nichts ausgefressen hat.«

»So einen Blick hat meine Mutter auch drauf«, sagt Theo, doch in dem Moment klopft es an der Tür. Das kann nie im Leben Shanti sein, die ist eben erst weg. Wir schauen uns an. Theo deutet mit dem Kopf aufs Bad und Sam verschwindet schnell darin.

»Theo? Hier ist Clemens.«

»Was will der denn?«, fragt Theo leise und ruft dann: »Komm rein!«

Clemens tritt ein. Er trägt immer noch das gebügelte Hemd und dazu hellbraune Cordhosen. Aber am besten ist seine Frisur. Wie kann man nur als Junge alle Haare auf einer Länge tragen, und dazu noch mit einem Seitenscheitel?

»Kommst du mit rüber zum Essen? Es ist gleich halb sieben«, fragt er. Dann sieht er mich. »Hi, Paulina.«

»Hi.« Er scheint ja ganz nett zu sein, sieht aber wirklich komisch aus.

Theo schaut auf die Uhr. »Wir haben doch noch zehn Minuten.

Ich komm gleich.« Damit wäre die Sache eigentlich erledigt, aber Clemens macht keine Anstalten zu gehen.

Und da passiert es. »Hatschi«, und gleich noch einmal »Hatschi!«

»Wer ist denn da drin?«, fragt Clemens.

»Shanti«, sage ich wie aus der Pistole geschossen.

»Das ist unmöglich. Die habe ich gerade getroffen.« Clemens schaut neugierig zur Badezimmertür hin.

»Und überhaupt, was ist hier eigentlich los? Meint ihr, ich habe nicht mitbekommen, dass gestern Nacht irgendwas gelaufen ist? Mein Bett ist direkt nebenan. Ihr wart ganz schön laut.«

Hätte Clemens einen Verdacht, hätte er jetzt nicht gefragt, wer da geniest hat. Ich zucke also nur mit den Schultern, aber Theo sieht die ganze Sache anders.

»Na gut, setz dich, Clemens«, sagt er und klopft an die Badezimmertür. »Komm raus, Sam.«

Ich lasse mich neben Clemens nieder, rücke ganz nah an ihn ran. »Wenn du auch nur ein Sterbenswörtchen von der Sache hier verrätst«, flüstere ich ihm eisig ins Ohr, »dann rasier ich dir irgendwann mal in der Nacht deine hübsche Haarpracht ab!«

Lord Schnullerbacke

Shanti sieht etwas angeknackst aus, als sie zum Abendessen in den Salon kommt. Ich habe ihr einen Platz frei gehalten, auf den sie sich nun geschafft fallen lässt.

»Das war anstrengend«, flüstert sie. »Aber jetzt ist er erst einmal wieder weg. Mein Vater hat sich drüben im Dorf ein Zimmer genommen, weil er davon ausgeht, dass Sam auf jeden Fall hier auf der Insel auftauchen wird. Er hat dem Fährmann ein Foto gegeben, damit er ihn sofort erkennt und Bescheid gibt.« Sie sieht mich an. »Paulina, wir können die Nummer nicht mehr lange durchziehen. Wenn Sam bis spätestens morgen Abend nicht zu Hause ist oder hier gefunden wird, dann kommt meine Mutter aus Indien.«

»Und? Das wär doch gut, oder?«

»Nein, es ist doch so ungemein wichtig für sie. Sie soll sich erst einmal selbst finden, dann kommt sie bestimmt von allein zurück.«

Ich lasse das Brötchen, das ich eben geschmiert habe, in meiner kleinen Tasche verschwinden, die ich extra dafür mitgebracht habe. Weil ich nicht weiß, was ich auf Shantis Geschichte mit der Mutter erwidern soll, gehe ich gar nicht weiter darauf ein. »Clemens weiß übrigens Bescheid«, sage ich stattdessen. »Es ging nicht anders.«

»Was, der Lackaffe?« Shanti verdreht die Augen. »Das hat uns gerade noch gefehlt!«

Ich belege noch ein Brötchen, diesmal für mich, und lasse einen Apfel in meiner Tasche verschwinden.

»Essen für Sam. Wie gut, dass du daran denkst!«, flüstert Shanti.

»Was tuschelt ihr beiden da eigentlich schon die ganze Zeit?« Lizzy beugt sich herüber und wirft uns einen verschwörerischen Blick zu. »Habt ihr etwa Geheimnisse?«

Weiß die vielleicht was? Ich sehe Shanti an. Ob sie Lizzy eingeweiht hat? Doch Shanti zuckt nur mit den Schultern.

»Das Schloss hat nämlich Augen und Ohren, wisst ihr«, sagt Lizzy.

»Was meinst du damit?«, fragt Shanti unschuldig.

»Na, euren kleinen Zusammenprall mit Carla vorhin. Die Story macht in Europa schon die Runde.« Lizzy lacht. »Tut mir leid, Paulina, das ist hier nun mal so. Hier bleibt nichts geheim.«

Ach das! Da steh ich drüber. Sollen die doch denken, was sie wollen, rede ich mir ein. Aber wenn ich ehrlich bin, fuchst es mich ungemein.

»Was für eine Story?«, fragt Miu neugierig.

Ich seufze auf und beiße demonstrativ in mein Brötchen. Es bringt ja wohl gar nichts, das Ganze noch mal in der Runde aufzuwärmen.

Wir sind gerade dabei, den Tisch abzuräumen, da steht Frau Sauerbrei in der Tür.

»Hallo, ihr Lieben!« Sie wedelt mit einem Stapel Papier in der Luft herum. »Ich hab hier was für euch. Wenn ihr fertig seid, bekommt ihr eure Zu- oder Absagen.« Während bisher das Aufräumen bei den meisten nur im Schneckentempo funktionierte, beeilen sich jetzt auf einmal alle. Als auch der letzte Krümel vom Tisch gewischt ist, wird es ernst und Frau Sauerbrei gibt uns die Bewerbungsbögen für die Schülerfirmen zurück. Darauf steht nicht nur, ob es geklappt hat, sondern auch jeweils eine Begründung dazu.

Zuerst höre ich Fleur entsetzt aufschreien: »Was, ich soll in den Biogarten? Das geht ja mal gar nicht!«

»Auch das noch!«, kommentiert Shanti Fleurs Aufschrei trocken. »Dann wühlen wir da wohl gemeinsam in der Gülle. Ich bin auch im Biogarten.«

»Spinnst du?«, quiekt Fleur. »Ich pansch doch nicht mit Bioscheiße rum!«

Ich muss lachen. Die Vorstellung, dass Shanti und Fleur gemeinsam Mist mit einer Schubkarre über den Schlosshof in den Schulgarten transportieren, um die Pflanzen dort zu düngen, ist einfach köstlich.

»Bei mir hat es in beiden Fällen geklappt.« Xenia

strahlt bis über beide Backen. »Fotoatelier und Tonstudio, wie cool!«

»Wie schön für dich«, giftet Fleur sie an. So viel zum Thema Freundinnen!

»Wo können wir uns denn beschweren? Am besten bei Frau Kuhn, oder?«, will Fleur wissen. Bestimmt droht sie gleich wieder mit ihrem Vater. Aber da er die Sache mit den Zimmern schon nicht geradebiegen konnte, sehe ich auch hier schwarz für sie.

Ich bekomme Frau Sauerbreis Antwort nicht mehr mit, da ich vertieft bin in die Kommentare auf meinen beiden Bewerbungsbögen.

Schreiblabor: *Liebe Prinzessin Wischmopp, wir freuen uns auf deine äußerst kreativen Geschichten. Wir treffen uns am Donnerstag um 13.30 Uhr in der Schlossbibliothek.*

Rettungsschwimmer: *Liebe Paulina, deine Begründung war uns leider etwas zu dürftig. Etwas mehr hättest du schon von dir preisgeben dürfen. Aber wir können dir die freudige Mitteilung machen, dass die Musikscheune großes Interesse an dir angemeldet hat. Ihr trefft euch am Dienstag um 13.30 Uhr in der Aula.*

Musikscheune? Anscheinend läuft mein Gehirn gerade auf Sparflamme. Es dauert eine Weile, bis ich kapiere, was damit gemeint ist. Ausgerechnet ich unmusikalisches Wesen soll in den Schulchor!

»Was ist? Warum guckst du denn so komisch?«, fragt Shanti.

Wortlos halte ich ihr meine Bewerbung hin. Shanti

liest – und fängt an zu lachen. »Bestimmt haben die davon gehört, wer dein Vater ist! Und jetzt denken die, du hast sein Talent geerbt.«

»Haha, sehr komisch!«, maule ich. Aber dann muss ich auch grinsen. Das glaubt Kira mir nie, wenn ich ihr das nachher erzähle. Außerdem ist heute Montag und bis in drei Tagen bin ich hier verschwunden. So viel steht schon mal fest: In die Musikscheune gehe *ich* nicht!

Wir stehen noch eine Weile zusammen, quatschen über den ersten Schultag, den Stundenplan und die Schülerfirmen. Shanti schaut die ganze Zeit über nervös auf die Uhr und ist gar nicht richtig bei der Sache.

»Ich muss schon wieder aufs Klo«, jammert sie.

»Komm, lass uns einfach gehen«, flüstere ich ihr zu und wir verschwinden unauffällig.

Ich bin die Einzige, die daran gedacht hat, etwas zu futtern für Sam zu mopsen. Shanti kann anscheinend keinen klaren Gedanken mehr fassen und Theo hat es schlichtweg vergessen.

»Immerhin das«, sage ich zu Sam und überreiche ihm das Brötchen und den Apfel.

»Danke, ich verhungere nämlich gleich. Außerdem fällt mir langsam hier im Zimmer die Decke auf den Kopf. Ich muss auf jeden Fall heute noch mal raus. Vielleicht nachher, wenn es dunkel ist.«

»Lieber nicht. Wer weiß, wer heute Nacht wieder alles unterwegs ist«, wendet Shanti ein.

»Ich könnte dich begleiten«, schlägt Theo vor. »Vielleicht gehen wir mal zur Kapelle und gucken nach dem Geheimgang? Was meinst du?«

Immer dieser blöde Geheimgang! Ob ich die Jungs auf eine falsche Fährte bringen soll? Warum eigentlich nicht? Ein bisschen Spaß muss sein.

Ich mache ein wichtiges Gesicht. »Frau Sauerbrei hat mir gesagt, dass sie früher immer davon ausgegangen seien, einer der Gänge würde im Brunnen vor dem Schloss beginnen. Als ich sie gefragt habe, ob das stimmt, hat sie ganz komisch drumherum geredet. Und wisst ihr was? Ich glaube, das hat irgendwas mit Rosen zu tun. Das Motiv taucht hier auf der Insel ständig irgendwo auf. Im Brunnen sind sie in die flache Schale gemeißelt, die die beiden Engel halten.«

»Echt? Im Brunnen?« Theo hat tatsächlich angebissen. Wieso mir das mit den Rosen auf einmal in den Sinn gekommen ist, weiß ich auch nicht.

»Da könnt ihr aber heute Nacht nicht hin. Das Teil ist beleuchtet, da sieht man euch sofort.«

»Stimmt. Aber zur Kapelle können wir. Außerdem schlafen heute eh alle früh. Die wollen für morgen fit sein, weil wir früh aufstehen müssen.«

»Heute mussten wir auch früh raus«, wirft Shanti ein. »Und das hat gestern trotzdem gewisse Leute nicht davon abgehalten, nachts über die Insel zu schleichen.« Sie schaut aus dem Fenster. »Da kommt übrigens die blonde Schnullerbacke! Was schleppt der denn da an?«

»Wer kommt?«, fragt Sam, aber ich weiß sofort, wen sie meint.

»Clemens. Soll ich ihn mal fragen, was er will?«

»Der ist ganz in Ordnung«, sagt Theo. »Mach schon auf.«

Ich trete zu Shanti ans Fenster. Clemens steht vor uns wie ein kleiner Junge und weiß nicht, was er sagen soll.

»Was ist?«, fragt Shanti barsch.

»Ich hab Proviant für Sam besorgt, aus der Kantine.« Clemens schaut sich nach allen Seiten um, dann hält er uns mit ausgestreckten Armen einen prall gefüllten Korb entgegen.

»Oh, äh, danke.« Auf einmal fehlen Shanti die Worte und wir hieven die Fressalien hinein.

Ich werfe einen Blick in den Korb. Schokocreme, Toastbrot, Bananen, Kokosflocken ...

»Genial!« Ich hab zwar schon gegessen, aber richtig satt bin ich noch nicht. Außerdem kann Sam das alles nie im Leben allein aufessen. Die Aussicht auf ein Schoko-Banane-Kokos-Sandwich lässt mir das Wasser im Mund zusammenlaufen. »Aber dich können wir nicht durchs Fenster lassen. Du musst schon durch die Tür kommen«, sage ich lächelnd zu Clemens und er trabt davon. Ich finde, das hat er verdient. Shanti sagt gar nichts mehr. Was ist denn mit der auf einmal los?

Ich schubse sie ein bisschen. »Ach komm, gib dir einen Ruck! Guck mal, was die Schnullerbacke alles organisiert hat.«

Shanti wirft abwesend einen Blick auf die Leckereien.

»Alles vegetarisch«, scherze ich.

»Na gut, hast ja recht. Er sieht zwar total eingebildet aus, aber es sind die inneren Werte, die zählen. Bestimmt ist Clemens ein guter Mensch.«

Das ist jetzt mal wieder typisch Shanti. *Innere Werte? Guter Mensch?* Kira hätte jetzt einfach gesagt: Sieht kacke aus, ist aber echt in Ordnung.

Dass Clemens sein Brot mit Messer und Gabel verspeist, wundert mich allerdings doch. Er schneidet tatsächlich seine Brotscheiben in einzelne Häppchen und schiebt sie sich mit der Gabel in den Mund. Das habe ich vorhin in der Kantine beobachtet.

Theo bringt die Sache auf den Punkt, als Clemens das Zimmer betritt. »Alter, sei mir nicht böse, aber wie du isst, das geht ja mal gar nicht!«, sagt er. Und wir fangen alle an zu lachen. Sogar Clemens.

»Wo hast du die Sachen eigentlich her?«, frage ich.

»Aus der Kantine, hab ich doch schon gesagt.«

»Ja, schon, aber wie ...«

»Ich habe vorhin mitbekommen, wie eine Ladung Lebensmittel mit der Fähre angeliefert wurde. Riesige Berge voll mit allen möglichen Sachen. Da habe ich die Köchin gefragt, ob ich ihr beim Reintragen helfen soll. Dafür durfte ich mir dann was aussuchen.«

»Dann hast du das Zeug gar nicht geklaut?«

»Was? So was würde ich nie machen! Ich hab ihr erzählt, wir machen eine kleine Kennenlernfeier mit Mädels. Da hat sie mir die Sachen zusammengepackt. Sie meinte, das wird euch bestimmt schmecken.«

»Die hat ganz sicher 'ne Tochter!«, murmele ich mit vollem Mund. »Meine Mutsch schmiert mir auch immer Schoko-Banane-Brote, wenn ich irgendwie schlecht drauf bin. Die sind zwar höllisch ungesund, aber wenn es gute Laune macht, kann es ja so schlecht nicht sein. Hm, lecker.« Ich beiße noch einmal hinein, da fällt mir siedend heiß etwas ein. »Wie spät ist es?«

»Zehn vor acht.«

»Oh Mann, ich bin gleich wieder zurück.« Ich laufe schnell nach draußen, um ungestört mit Kira telefonieren zu können. Aber ich habe Pech, sie geht nicht ran. Ich warte zwei Minuten, dann versuche ich es noch einmal – wieder nichts! Also schicke ich ihr eine SMS.

Die Taube ist ein Kerl. Heißt Graf Dracula. Drück bitte die Daumen, dass er es überlebt! Ach ja, man hat mich hier in den Chor gesteckt!!! Grins ☺ Du fehlst mir!!!

Fleur, Xenia und Aleyna stolzieren an mir vorbei. Für wen haben die sich denn so aufgebrezelt? Sie verschwinden kichernd in einem der Häuser. Wenn mich nicht alles täuscht, prangt an der Tür die Flagge Spaniens. Ich muss unbedingt mal nachfragen, wie die Klassen ländertechnisch verteilt sind. Am besten nutze ich jetzt gleich die Gelegenheit, da Lizzy und Nina um die Ecke biegen.

»Sagt mal, wer wohnt denn eigentlich in Spanien?«

»Die heißesten Jungs der Schule.« Lizzy grinst. »Klasse 8! Wieso, willst du Prince besuchen?«

Boah, das nervt jetzt langsam aber wirklich. »Nein, aber vielleicht Fleur und ihr Gefolge. Die sind da nämlich gerade reinmarschiert.«

»Echt?« Nina zieht Lizzy am Ärmel. »Komm, wir gehen mal Mäuschen spielen, vielleicht steigt da ja eine Party. Kommst du auf einen Sprung mit, Paulina?«

»Ich? Ganz bestimmt nicht. Aber viel Spaß euch beiden.« Lieber gehe ich wieder zurück nach England. Ich bin schon fast vor der Tür, da vibriert mein Handy in der Hosentasche. Kira hat mir geschrieben.

Kann nicht tel. Sind bei Tante K. Hat Geburtstag ☺ Du und Chor? Ich schrei mich weg!!! Hdl Kira

Ich schicke Kira sofort eine Antwort:

Grüß Tantchen von mir. Hdal Paulina.

Es ist acht Uhr. Wir haben also noch eine Stunde, bevor wir wieder in Italien sein müssen.

»Irgendwie witzig, dass wir jede Nacht in Italien schlafen und dann durch ganz Europa müssen, um in die Schule zu kommen«, sage ich, als ich wieder bei den anderen bin.

Theo nickt. »Übrigens ... Kommt ihr denn nun mit, wenn wir heute Nacht nach dem Gang suchen?«

»Dem Geheimgang?«, fragt Clemens. »Wenn ich das gewusst hätte, hätte ich die alten Pläne von zu Hause mitgebracht. Wir haben irgendwo in der Bibliothek noch eine alte Chronik rumfliegen. Da habe ich letztens ein paar davon entdeckt.«

Es ist auf einmal mucksmäuschenstill im Zimmer.

Theo fallen gleich die Augen aus dem Kopf. Er starrt Clemens an, als wäre er ein Geist. Sam fasst sich als Erster wieder. »Das war ein Scherz, oder?«, fragt er.

»Nein, ganz und gar nicht. Mein Ururopa war verheiratet mit Lady Rosalyn. Aber das ist Ewigkeiten her, mehr als hundert Jahre.«

»Schon klar!« Theo klopft sich auf die Schenkel. »Netter Versuch!«

Ich hingegen glaube nicht, dass Clemens uns einen Bären aufbinden will. Und Shanti anscheinend auch nicht. Sie denkt sogar noch weiter.

»Heißt das, dein Nachname ist Baker und du hast einen Adelstitel?«, fragt sie neugierig.

»Der Titel kann nur an männliche Nachkommen vererbt werden und mein Opa lebt ja noch. Und mein Vater auch – zum Glück. Das heißt, dass nach meinem Opa mein Vater dran ist – und dann erst ich. Aber das mit dem Nachnamen stimmt. Ich heiße Clemens Baker.«

»Und was bist du dann?« Jetzt fängt wohl auch Theo an, an die Sache zu glauben.

»Lord.« Clemens fährt sich mit den Fingern durch die blonden Haare. »Aber gesteigerten Wert lege ich nicht darauf. Du kannst mich ruhig weiter Schnullerbacke nennen, Shanti. Das habe ich nämlich vorhin gehört.«

»Lord Schnullerbacke«, sage ich und muss anfangen zu kichern. Und Shanti geht es genauso.

»Weiber!«, grummelt Theo. »Lass die ruhig weiter dumm rumgibbeln. Erzähl uns lieber was über diese Pläne. Du hast sie echt gesehen?« Theo scheint immer noch nicht recht daran zu glauben.

»Apropos Weiber: Habt ihr keine Frauen in eurer Familie? Ich meine, ohne uns gäbe es euch doch gar nicht.« Shanti scheint die Stammbaumgeschichte ganz schön zu beschäftigen.

»Natürlich hab ich eine Mutter und eine Oma. Und eine Schwester übrigens auch. Aber die können den Titel nicht erben. Bei Lady Rosalyn war das anders. Sie hat ihn verliehen bekommen.«

»Das ist ja mal wieder typisch!«, sagt Shanti empört. »Wir Frauen haben die meiste Arbeit und ihr erbt die Titel. Ich dachte, so etwas gibt es heute gar nicht mehr.«

»Quatsch! Mein Vater arbeitet natürlich auch. Oder meinst du, dass man neben dem Titel auch automatisch einen Batzen Geld erbt?«

»Was macht er denn?«, frage ich. »Der Vater von Shanti und Sam ist Psychiater. Bei ihm bekommen wir kostenlose Therapiesitzungen. Theos Vater ist Metzger, also dürfen wir mit Fresspaketen rechnen. Meiner ist Musiker. Wenn jemand von euch später mal heiratet, kann er zur Hochzeit ein Konzert geben.«

»Dann wird meiner die Trauringe besorgen. Er handelt mit Juwelen.«

»Mit richtigen Klunkern?«, hakt Sam nach.

»Ja, schon seit Generationen.«

»Wow, wenn wir die Geheimgänge finden, dann stoßen wir vielleicht noch auf einen Schatz.« Theo ist komplett aus dem Häuschen und tritt aufgeregt von einem Fuß auf den anderen.

Clemens hingegen zuckt mit den Schultern. »Das könnte durchaus sein«, erklärt er. »Mein Opa erzählt immer, dass vor Ewigkeiten der Bernstein-Schatz der Familie verschwunden ist – kurz nachdem meine Urgroßmutter das Internat hier eröffnet hat.«

Jetzt scheint Theo fast zu platzen. »Wie schnell könntest du an die Karte rankommen?«

Verrückte Geisterwelt

Ich habe mich dafür entschieden, lieber ins Bett zu gehen. Der Gedanke, noch eine Nacht über die Insel zu schleichen, ist zwar verlockend, aber ich bin einfach hundemüde. Fleur scheint auch kaputt zu sein. Sie stänkert gar nicht herum. Und eben hat sie tatsächlich wie abgemacht angeklopft und nicht einfach die Tür aufgerissen, was ich ihr hoch anrechne. Ich schicke noch *Nacht, Mutsch. Schlieb!* auf den Weg nach Bottrop, aber die Antwort höre ich nicht mehr. Ich habe mir vorgenommen, diesmal möglichst einzuschlafen, bevor Fleur anfängt zu schnarchen, damit ich mich über ihre Geräusche gar nicht erst ärgern muss. Und es funktioniert. Ich ratze sofort weg und falle in einen tiefen Schlaf, bis ...

»Paulina, Paulina, wach auf!«

»Was, jetzt schon? Noch ein paar Minuten, bitte!« Ich öffne meine Augen einen Spalt breit – und sehe Fleur vor mir. Mist! Hab ich etwa schon wieder verschlafen?

»Schnell, komm mal gucken!« Fleur zieht mir die Decke weg. Irgendwas stimmt hier nicht. Draußen ist es eindeutig noch dunkel, und sie trägt immer noch den Seidenfummel, den sie Nachthemd nennt. Außerdem sieht sie total aufgeregt aus. Sie steht am Fenster und starrt in die Nacht hinaus.

»Ist ja gut, ich komm ja schon ...«, sage ich, rühre mich aber keinen Zentimeter.

»Da draußen geht irgendwas Komisches vor sich«, flüstert sie.

»Du musst nicht flüstern, hier hört uns doch niemand«, sage ich. Und dann fallen mir Theo und Sam wieder ein. Die wollten doch heute Nacht den Geheimgang bei der Kapelle suchen. Blitzschnell springe ich auf und schaue nach draußen.

»Was ist das denn?« Ich reibe mir die Augen und schaue noch einmal genauer hin. Da draußen laufen mindest zehn, wenn nicht sogar noch mehr, weiß gekleidete Gestalten herum. Da haben sich tatsächlich ein paar Witzbolde als Gespenster verkleidet!

»Wie spät ist es?«, frage ich.

»Gleich zwölf.«

»Geisterstunde«, stelle ich grinsend fest. Aber das Grinsen vergeht mir, als plötzlich noch mehr weiße Gespenster auftauchen und zwei Tragen herbeischleppen, auf denen jeweils ein Junge liegt – gefesselt mit einem dicken Tau. Es ist zwar dunkel, aber die blonden Haare des einen erkenne ich sofort.

»Die entführen Lord Schnullerbacke – und der andere ist, glaub ich, sein Mitbewohner Jakob.« Ich schlüpfe schnell in meine Jeans und schnappe mir mein Handy. Zum Glück haben wir vorhin noch Nummern ausgetauscht. Ich wähle zuerst Shantis Nummer, dann Theos, aber beide gehen nicht ran. Bestimmt haben sie ihre Telefone auf lautlos gestellt.

Fleur steht unentschlossen im Zimmer herum. Ich öffne das Fenster und sage: »Schnell, weck die anderen. Kann sein, dass Clemens und Jakob unsere Hilfe brauchen.«

»Was? Aber ...«

»Steh nicht rum, beeil dich! Ich geh schon mal gucken, was die vorhaben. Hol auf jeden Fall Shanti. Und Lizzy und Nina.«

Ich springe aus dem Fenster und renne über die Wiese. Wo die nur hinwollen? Die können die beiden doch nicht mit den Tragen über den Zaun wuchten.

Ich halte genügend Abstand, damit mich keiner entdeckt, und folge der Meute. Die bewegen sich verdammt leise vorwärts, unglaublich, da es so viele sind. Keiner gibt einen Ton von sich. Die sind echt gut organisiert. Sie schleichen eine Weile am Zaun entlang, vorbei an dem Baum, über den ich gestern auf die andere Seite geklettert bin. Nur etwa zwanzig Meter weiter bleiben sie stehen. Ein Gespenst macht sich an den Metallstreben des Zauns zu schaffen. Ich staune nicht schlecht, als einer nach dem anderen kurz darauf auf der anderen Seite steht – sogar die beiden Tragen mit den Jungs werden so nach drüben befördert. Ich warte ungeduldig, bis alle durch sind, dann pirsche ich mich an. Der Zaun sieht vollkommen unbeschädigt aus. Ich greife nach einem der Eisenstäbe, der sich prompt bewegen lässt. Irgendwie haben die es geschafft, mehrere Eisenstäbe aus dem Zaun so zu lockern, dass man sie zur Seite drehen kann. Ich schlüpfe durch die Lücke und schaue mich noch einmal um. Wo Fleur nur mit der Unterstützung bleibt?

Egal! Schon wieder renne ich mitten in der Nacht über die Insel. Die Meute bewegt sich in Richtung Fähranlegestelle. Ich verstecke mich hinter dem Gebüsch, wo ich letzte Nacht auch schon gelegen habe, und beobachte, wie sich immer zwei gegenüber auf dem Steg aufstellen. Die Tragen haben sie dazwischen abgestellt. Dann leuchten nacheinander viele kleine Kerzen auf, wahrscheinlich Teelichter. So mutig ich bisher war, ich kann gar nichts dagegen tun, aber plötzlich macht sich auf meinem ganzen Körper eine Gänsehaut breit. Das da unten sieht echt gespenstisch aus!

Jetzt knien sich ein paar Weißgekleidete neben den Tragen nieder und binden Clemens und Jakob los. Als die beiden Jungs stehen, bekommen sie auch ein weißes Laken über die Köpfe gezogen. Auf einmal ist mir alles klar und ich atme erleichtert auf. Das ist ein Aufnahmeritual! Irgend so ein Jungenquatsch, bei dem man nur dazugehört, wenn man eine Prüfung bestanden hat. Jetzt flüstern alle gemeinsam eine Verschwörungsformel. Clemens und Jakob werden an den Rand des Stegs geführt – und dann geht alles ganz schnell.

Die beiden werden ins Wasser geschubst, gehen unter und tauchen zappelnd und prustend wieder auf. Die anderen applaudieren – und bekommen nicht mit, dass einer von beiden im Wasser wieder und wieder untergeht. Ich denke nicht nach, sondern renne einfach los, durch das Spalier der Gespenster. Und dann springe ich. Ich greife nach den umherschlagenden Armen im Wasser, erkenne die nasse blonde Haarmähne und brülle: »Clemens, hör auf herumzuzappeln! Sonst kann ich dir nicht helfen!«

Clemens scheint total in Panik geraten zu sein. Anstatt sich hinten an meine Schultern zu hängen, so wie ich das im Schwimmbad mit Luca gemacht habe, klammert er sich um meinen Hals und zieht mich mit runter in die Tiefe. Das Wasser des Rheins ist ganz kalt und dunkel,

anders als das im Schwimmbad. Ich versuche mit aller Kraft, wieder nach oben zu kommen und Clemens abzuschütteln, aber er lässt einfach nicht los.

Du schaffst das, Paulina! Pau-li-na, Pau-li-na ...
Und dann sind da plötzlich ein paar andere Hände, und noch welche. Ich werde nach oben gezogen und atme japsend die frische Luft ein.

»Schaffst du es allein?«, fragt eine Stimme neben mir. Es ist Sam. Ich nicke, denn mir fehlt die Kraft, etwas zu sagen.

Clemens hat sich mittlerweile beruhigt. Er hängt an den Schultern einer anderen Person im Wasser. Ich schwimme neben Sam zum Ufer zurück. Die blöden Geister stehen alle nur dumm herum und glotzen uns aus ihren Sehschlitzen an.

»Habt ihr sie noch alle?«, brülle ich, als ich endlich festen Boden unter den Füßen habe. Und dann wird mir schwarz vor Augen. Ich merke, wie meine Beine langsam einknicken. Dann kippe ich einfach um und ein ganz eigenartiger Traum zieht an mir vorbei.

Ich falle in ein tiefes Loch, gefüllt mit eisig kaltem Wasser. Ich traue mich nicht, mich hinauszuhieven, weil viele kleine Fledermäuse drumherum flattern. Mir wird immer kälter. Da sehe ich plötzlich zwei Tauben auf mich zufliegen, Graf Dracula und Lady Gaga. »Die kleinen Flattermänner tun dir nichts, die wollen dir nur helfen«, fiept Lady Gaga. Und dann spüre ich, wie etwas auf meinen Kopf tropft. »Ups«, sagt Graf Dracula.

»Du hast mir jetzt nicht wirklich auf den Kopf gemacht, oder?«, frage ich und öffne die Augen.

Es sind nicht Lady Gaga und Graf Dracula, die über mir schweben. Und zum Glück ist es auch keine Vogelkacke, die da auf meinem Kopf gelandet ist. Es sind Wassertropfen. Sie perlen von dunklen Locken auf mein Gesicht herunter. Braune Augen starren mich an. Diesmal aber nicht düster, sondern eher besorgt.

»Du schon wieder!«, krächze ich. Und im selben Moment denke ich, hoffentlich hat der jetzt nicht auch noch Mund-zu-Mund-Beatmung bei mir gemacht.

Plötzlich wird Prince zur Seite geschoben und Frau Sauerbrei beugt sich über mich.

»Paulina, ist alles in Ordnung mit dir?«, fragt sie besorgt. »Kannst du mich hören?«

»Mir geht's gut«, sage ich und richte mich etwas auf. Neben mir auf dem Boden sitzt Clemens. »Und wie geht's dir?«, frage ich.

»Blendend!« Clemens und ich grinsen uns an, weil wir beide wissen, dass wir gerade ganz gewaltig lügen. Jakob scheint das Ganze besser weggesteckt zu haben.

Mit einem Blick um uns herum sehe ich, dass Shanti, Theo, Sam, Lizzy, Nina, Fleur und Prince bei uns stehen. Erst jetzt fällt mir auf, dass er auch eins dieser blöden Geisterkostüme anhat, allerdings mit heruntergezogener Kapuze.

So ein Idiot! Erst schließt er uns in der Folterkammer ein, dann ertränkt er Clemens fast im Rhein! Mit dem werde ich nie, aber auch wirklich nie, nie wieder auch nur ein einziges Wort reden, schwöre ich mir.

Sam streckt mir seine Hand entgegen. »Versuch mal aufzustehen.«

»Bist du sicher, dass du es schaffst?«, fragt Frau Sauerbrei. Dann stutzt sie und sieht Sam an. »Wer bist du eigentlich?«, fragt sie. Mist!

»Das ist mein Bruder.« Shanti stellt sich sofort neben ihn und greift nach seiner Hand.

Frau Sauerbrei seufzt. »Ihr macht mir vielleicht Sachen. Ihr seid ja noch viel verrückter als wir damals.« Dann dreht sie sich zu den weiß gekleideten Gestalten um. »Kostüme ausziehen!«, befiehlt sie. »Ich will eure Gesichter sehen.« Dann geht sie an jedem einzelnen vorbei und schaut ihm tief in die Augen. »Dass das Folgen haben wird, ist euch allen hoffentlich klar! Und glaubt nur nicht, dass ich auch nur einen von euch vergesse. Ich kann mir Gesichter verdammt gut merken. Ich möchte jeden von euch morgen früh um 7.00 Uhr, also noch vor dem Frühstück, oben in der Aula sehen. Pünktlich! Und jetzt seht zu, dass ihr in eure Betten kommt.«

Dann wendet sich Frau Sauerbrei wieder an uns. »Clemens, Jakob und Paulina, ihr kommt erst einmal mit auf die Krankenstation. Sollen wir euch hochtragen? Zwei Tragen gibt es ja.«

»Nein, nein!«, sagen wir gleichzeitig. Und Jakob schiebt noch hinterher: »Auf dem Teil will ich so schnell nicht wieder liegen.«

Gemeinsam laufen wir hoch zum Schloss. Fleur zittert wie verrückt, obwohl sie über ihrem Seidenhemd eine dicke Strickjacke trägt. Mir ist ehrlich gesagt auch kalt, aber ich versuche, es mir nicht anmerken zu lassen. Ich bin froh, wenn ich die nassen Klamotten ausziehen kann.

»Du willst doch mal Schriftstellerin werden. Versprich mir, dass du irgendwann ein Buch über all das hier schreiben wirst, ja?« Shanti hängt mir gleich mehrere von den Geisterbettlaken um die Schultern. Die dünnen Stofffetzen helfen nicht viel, aber sie trösten mich ein wenig. Ich wickele mich ganz fest darin ein.

Auf einmal läuft Prince neben mir. Er hat die ganze Zeit über nichts gesagt. Jetzt schaut er an mir vorbei und spricht Clemens an: »Es tut mir leid, echt. Wenn ich gewusst hätte, dass du nicht schwimmen kannst, wäre das nie passiert. Dann hätte ich da nie mitgemacht!«

»Ich kann schwimmen«, antwortet Clemens trotzig. »Ich hab nur voll Panik bekommen. Und dann habe ich mich in diesem blöden Leintuch verheddert.«

»Es tut mir auf jeden Fall wirklich leid. Ich hoffe, du

glaubst mir das«, beteuert Prince noch einmal, dann wendet er sich an mich. »Geht's dir wirklich gut?«, fragt er vorsichtig.

Gemäß meines Schwurs ignoriere ich ihn und gehe schweigend weiter.

»Halt dich bloß von ihr fern, du Ungeheuer! Du hast heute schon genug angerichtet!« Shanti schiebt sich einfach zwischen mich und Prince. Ich bin froh, dass sie das gemacht hat. »Danke«, flüstere ich und kämpfe ganz plötzlich mit den Tränen. Als die erste aus meinen Augen kullert, wische ich sie verstohlen weg.

»Paulina«, sagt Prince. Ich drehe mich zur Seite und schaue ihm direkt in die Augen. Mir egal, dass er meine Tränen sieht.

»Ich mach das wieder gut, ganz sicher!«, sagt er.

Das Schloss ist hell erleuchtet. Ich habe mich ein wenig beruhigt und mache mir nun Sorgen um meine Freunde. Was jetzt wohl mit Sam passieren wird? Shanti und er haben weitaus größere Probleme als ich.

Der Pinguin kommt uns entgegen. Irgendjemand hat die Direktorin also über den Vorfall informiert. Ich rechne mit einem Donnerwetter und bin überrascht, als genau das Gegenteil geschieht. Frau Kuhn nimmt mich in die Arme und drückt mich an sich.

»Mein Gott, Paulina, was hätte da alles passieren können! Wenn du nicht so beherzt reagiert hättest! Nicht auszudenken...« Der Pinguin riecht gar nicht nach

Fisch, eher nach einem teuren Parfum. Das muss ich nachher unbedingt Theo und Shanti erzählen.

»Und ihr beiden? Wie geht es euch?«

Clemens und Jakob weichen einen Schritt zurück. Bestimmt haben sie Angst, dass sie sie auch gleich an ihr Herz drücken will.

»Ist wirklich alles in Ordnung? Oder müssen wir euch ins Krankenhaus bringen?«

»Geht schon«, sagt Jakob. »Ich würde nur gerne ganz aus den nassen Klamotten rauskommen.«

»Ja, natürlich. Am besten, ihr geht schnell in eure Zimmer. Einmal kurz heiß duschen, dann etwas Warmes anziehen. Aber ihr schlaft heute Nacht auf jeden Fall auf der Krankenstation. Ich möchte nicht, dass ihr allein bleibt.«

»Was? Muss das sein?«, maule ich. »Shanti kann doch auf mich aufpassen. Oder Fleur. Ich bin ja nicht allein auf dem Zimmer.«

»Nein, auf gar keinen Fall!«, bestimmt der Pinguin. Dann wendet sie sich an Sam. »Und du? Seit wann bist du denn schon hier?«

»Seit gestern«, gesteht Sam.

»Soso, und wo hast du geschlafen?«

»Bei mir«, wirft Theo ein.

»Hm. Du bleibst auf jeden Fall auch erst einmal auf der Station.« Der Pinguin schaut uns kopfschüttelnd, aber wohlwollend an. »Ihr bleibt am besten gleich alle da!«

Ich finde, sie sieht gar nicht mehr so streng aus.

Schneckenpisspocke und Pempelfurz

Die heiße Dusche hat gutgetan. Ich ziehe meinen Jogginganzug an und wickle mir einen Handtuchturban um den Kopf. Fleur liegt in ihrem Bett, als ich aus dem Bad komme.

»War 'ne krasse Nummer von dir«, sagt sie.

Ich fasse das mal als Kompliment auf. »Von uns allen, von dir auch.« Immerhin hat Fleur die anderen zusammengetrommelt und ist auch mit runter zum Rhein gekommen.

»Stimmt!«, antwortet sie und rollt sich zur Seite. Sicher fängt sie gleich an zu schnarchen.

Ich schnappe mir meine platschnasse Jeans und mein Shirt, um sie im Bad zum Trocknen aufzuhängen. Ich bin schon fast zur Tür raus, da fällt mir auf, dass ich etwas vergessen habe. Ich greife in die Hosentasche meiner Hose und … Mist! Mein Handy ist total durchnässt! Das Ding ist bestimmt kaputt. Katta hat ihres mal aus

Versehen in die Toilette befördert. Es ist ihr hinten aus der Tasche gerutscht, als sie die Hose runtergezogen hat. Ihr beherzter Griff in die Kloschüssel hat ihr nicht viel gebracht. Sie hat das Telefon getrocknet, aber es hat nie wieder einen Mucks von sich gegeben. Aber versuchen kann ich es ja wenigstens.

Als ich auf der Krankenstation ankomme, die recht groß ist, sind die anderen schon da. Nur Prince fehlt.

»Gibt es hier eine Krankenschwester?«, fragt Clemens.

»Nein«, antwortet Shanti. »Aber ich habe gehört, dass eine Nonne vom Festland hier ab und zu aushilft. Und im Helferclub wird man zum Sanitäter ausgebildet. Da macht man auch Erste Hilfe und so.«

Ich setze mich im Schneidersitz auf eines der Betten und fange an, mein Handy zu zerlegen. Das braucht jetzt auch Erste Hilfe.

»Du musst die Einzelteile in Reiskörner legen, das saugt die Flüssigkeit raus«, sagt Sam.

Wie auf Kommando geht die Tür auf und die Köchin kommt mit einem voll beladenen Tablett herein.

»Ich hab gehört, ihr braucht eine kleine Stärkung«, sagt sie lächelnd. »Saft, Obst – und ein bisschen Schokolade.«

»Reis haben Sie nicht zufällig dabei?«, scherze ich.

Keine fünf Minuten später liegen meine Handyteile in einer Schüssel mit trockenem Reis, die Greta, so heißt die nette Köchin, mir extra gebracht hat.

»Das war ja mal 'ne Hammeraktion«, sagt Theo. »Ich

wär euch gern zu Hilfe gekommen und ins Wasser gesprungen, aber ehrlich gesagt ist das mit dem Schwimmen nicht so mein Ding. Ich hab grad mal das Seepferdchen!«

»Zum Glück ist Sam hineingesprungen«, sagt Clemens und klopft Theo beruhigend auf die Schulter.

»Ja, danke«, pflichtet Jakob ihm bei.

»Ohne Prince' Unterstützung hätte ich es aber nicht geschafft«, sagt Sam. »Mann, Clemens, du hast ganz schön um dich geschlagen. Kann übrigens sein, dass du noch ein Veilchen kriegst. Prince hat dir nämlich eine gelangt, damit du zur Besinnung kommst.«

»Echt? Daran kann ich mich gar nicht erinnern.« Clemens greift sich prüfend an sein Kinn und betastet dann vorsichtig den Rest seines Gesichts. »Autsch«, meint er, als er bei seinem rechten Auge ankommt. Und dann: »Wie cool!«

»Cool?«, fragt Shanti. Ich versteh Clemens' Freude auch nicht so ganz, aber er klärt uns grinsend auf.

»Ich hätte nie gedacht, dass mir mal jemand ein blaues Auge schlägt. Ich halte mich aus Schlägereien nämlich generell raus.«

»Mir hat schon mal jemand einen Zahn ausgeschlagen«, prahlt Theo. »War aber zum

Glück nur ein Milchzahn. Dafür hatte der andere danach eine gebrochene Nase.«

»Jungs!« Shanti verdreht die Augen.

»Nicht dass ihr denkt, ich könnte mich nicht wehren, oder so«, sagt Clemens. »Ich mach Taekwondo. Aber ich halte mich immer an die fünf Grundsätze: Höflichkeit, Ehrlichkeit, Geduld, Selbstdisziplin und Unbezwingbarkeit. Ich habe einen Eid abgelegt, meine Fertigkeiten nie zu missbrauchen.«

Wow! Clemens hält aber auch wirklich eine Überraschung nach der anderen parat.

»Hast du noch irgendwelche Fähigkeiten oder Geheimnisse, von denen wir wissen sollten?«, fragt Sam.

»Ich bin Fechtmeister.«

»Alter!« Theo guckt Clemens anerkennend an. »Ich mein, du siehst echt nicht so aus, aber du bist voll die coole Socke, wenn ich es mal so sagen darf.«

Clemens fährt sich durch die Haare. »Schnullerbackes Tarnung«, sagt er und wir fangen alle an zu lachen. In dem Moment geht die Tür auf und Frau Sauerbrei schaut noch einmal rein.

»Hier geht es ja lustig zu! Das freut mich«, sagt sie. »Aber jetzt wird es Zeit, ein bisschen zu schlafen. Wir haben schon zwei Uhr.«

Shanti fängt sofort an zu gähnen. Das ist irgendwie ansteckend, denn ich muss plötzlich auch gähnen. Wir lächeln uns zu.

»Was passiert denn jetzt mit Sam?«, frage ich.

»Das sehen wir morgen«, sagt Frau Sauerbrei. »Herr Bauer ist jedenfalls schon informiert. Er wird gleich morgen früh ins Schloss kommen. Dein Vater übrigens auch, Clemens. Er will sich persönlich davon überzeugen, dass es dir auch wirklich gut geht.«

»Auweia ...« Clemens grinst schief. »Das gibt Ärger! Wenn mein Vater sauer ist, kann er echt richtig giftig werden.«

»Wieso? Du hast doch gar nichts getan«, sage ich.

»Warten wir's ab. Und jetzt wird geschlafen!« Frau Sauerbrei macht das Licht aus und geht hinaus.

Shanti seufzt. »So ein Riesenzimmer für uns alle zusammen wäre echt genial.«

»Das ist wahr«, stimme ich ihr zu. »Ich hoffe allerdings, von euch schnarcht keiner.«

»Also ich ganz bestimmt nicht!«, sagt Jakob.

»Wie geht's dir eigentlich?«, frage ich ihn. Immerhin ist er auch entführt und ins kalte Wasser geworfen worden. Und keiner von uns hat sich bisher großartig um ihn gekümmert.

»Ging schon mal besser«, gibt er zu. »Aber die Idee mit dem riesigen Gruppenzimmer gefällt mir. Und eins steht ja wohl mal fest: Das gibt auf jeden Fall Rache. Ich zahle denen das heim!«

»Wir!«, pflichtet Clemens ihm bei. »Wir alle zusammen!«

»Ich bin dabei und reib mir schon mal die Hände«, sagt Theo süffisant. »Rache ist Blutwurst!«

»Jungs …«, murmelt Shanti müde.
»Aber wo sie recht haben, haben sie recht.« Ich rolle mich in meine Decke ein, schließe die Augen und schlafe sofort ein.

Es ist schon hell draußen, als ich aufwache, aber noch früh. Wir haben gerade mal fünf nach sechs, wie ich auf der großen Uhr lesen kann, die über der Tür hängt. Irgendwas hat mich aufgeweckt. Von den anderen war es niemand, die schlafen noch tief und fest. Ich drehe mich also auf die andere Seite und mache die Augen wieder zu.
Kikeriiikiii, kikeriiikiii!
Hä?
Kikeriiikiii!
Das ist doch nicht wirklich ein … Ich schäle mich aus der Decke, tapse zum Fenster und traue meinen Augen kaum. Auf der Engelschale am Wunschbrunnen sitzt ein Hahn. Unfassbar.

»Was ist?« Shanti ist also auch wach geworden.

»Ein Gockel!«, sage ich entrüstet.

»Sir James, der hat doch gestern auch gekräht«, murmelt Shanti und schläft wieder ein.

Gestern? Da habe ich ihn gar nicht gehört. Aber da habe ich ja auch den Wecker komplett ignoriert.

»Die spinnen ja!«, sage ich und lege mich wieder ins Bett.

Kikeriiikiii!

»Ja, ist ja schon gut ...«

Als ich das nächste Mal aufwache, ist es wirklich hell draußen. Mensch, wir haben schon Viertel vor zehn!

Diesmal ist es kein Hahn, sondern Shanti, die mich aufweckt.

»Guten Morgen!« Sie steht komplett angezogen vor mir und sieht verdammt frisch aus. Ich reibe mir die Augen.

»Wo sind die anderen? Warum habt ihr mich nicht geweckt?«

»Wir sollten dich möglichst lang schlafen lassen. Anweisung von ganz oben. Aber jetzt musst du aufstehen. Der Pinguin hat heute für zehn Uhr eine Versammlung in der Aula einberufen. Für die komplette Schule! Die blöden Geister haben heute Morgen um sieben schon einen ordentlichen Einlauf von der Sauerbrei bekommen. Und jetzt ist die Kuhn dran! Unterricht fällt damit erst mal flach, wenn du mich fragst.«

»Wartest du auf mich? Ich zieh mich nur schnell an. Zähneputzen wär allerdings nicht schlecht.«

Shanti grinst, dann zaubert sie mein Zahnputzzeug hinter dem Rücken hervor. »Ich kann Gedanken lesen.«

»Danke!« Schnell schrubbe ich meine Beißerchen, spüle aus, dann frage ich sie: »War euer Vater schon da?«

»Nein, aber der wird wohl bald hier aufschlagen.«

»Vielleicht darf Sam ja auch bleiben. Was meinst du?«

»Glaub ich nicht. Ich schätze mal, dass er uns beide mit nach München nimmt.«

»Und? Wär das okay für dich?«

»Ja, besser, als allein hierzubleiben. Du gehst ja auch wieder, oder?«

Daran habe ich gar nicht mehr gedacht. Aber nach der Nummer gestern Nacht hat bestimmt jeder Verständnis dafür, wenn ich nicht bleibe.

»Ich glaube schon«, höre ich mich sagen.

Die Aula ist schon brechend voll, als ich mit Shanti eintreffe. Frau Kuhn steht vorn, wie am ersten Tag.

»Shanti, Paulina, da seid ihr ja!«, begrüßt uns Frau Kuhn. »Kommt, setzt euch hierhin. Eure Freunde haben euch Plätze frei gehalten.« Theo steht auf, Sam, Clemens und Jakob winken uns zu. Wir winken zurück und gehen zu ihnen. Plötzlich fängt irgendjemand an zu klatschen. Und dann noch jemand ... und bald applaudiert der ganze Saal. Machen die etwa wegen uns so ein Spektakel?

Ich meine, ich will echt keine Schauspielerin, Popstar oder ein anderer Promi werden, aber *das* fühlt sich verdammt gut an! Ich bekomme eine richtige Gänsepelle.

»Irre«, flüstert Shanti. Ihr scheint es also genauso zu gehen.

»Das war doch ein sehr gelungener Einstieg für meine Rede, die ich jetzt halten werde. Fangen wir mit dem Positiven an«, sagt Frau Kuhn, als alle endlich still sind. »Die Standpauke kommt dann danach. Wie die meisten von euch wissen, wird auf Rosenwerth für besondere Leistungen oder Taten die Goldene Rose verliehen. Heute möchte ich gleich zwei Menschen ehren. Paulina und Samir, kommt ihr bitte zu mir auf die Bühne? Durch euer beherztes, mutiges Eingreifen heute Nacht habt ihr ein großes Unglück verhindert.«

Mein Po ist auf dem Stuhl festgewachsen. Meine Beine sind plötzlich aus Gummi und mein Gehirn aus Plastikmasse. Ich kann nicht mehr denken und mich nicht bewegen. Den Applaus eben fand ich ja noch ganz cool, aber das ist mir jetzt peinlich. Sam sieht das anscheinend anders.

»Komm«, sagt er und zieht mich einfach mit.

Frau Sauerbrei holt zwei kleine Kästchen vom Tisch und reicht eines davon der Direktorin.

Die hält es mir geöffnet unter die Nase. Es liegt eine kleine goldene Anstecknadel in Form einer Rose darin. Sie ist bildschön.

»Darf ich sie dir anstecken?«, fragt Frau Kuhn und ich nicke. »Ich bin sehr stolz auf dich, Paulina.«

»Jetzt zu Sam«, sagt sie und nimmt das andere Kästchen entgegen. »Die Sache mit dir ist etwas, na, sagen wir mal, ungewöhnlich. Normalerweise können diese Ehre nur Bernstein-Internatsschüler erhalten. Heute machen wir eine Ausnahme.« Sie steckt Sam die Nadel an und er bedankt sich.

Vorsichtig fahre ich mit dem Finger über die feine Anstecknadel und finde endlich meine Sprache wieder. »Danke.«

»Papperlapapp, ich hab zu danken! Und jetzt setzt euch wieder. Nun kommt der unschöne Teil.«

Ich habe glühende Wangen, als ich mich wieder neben Shanti niederlasse. Ich atme tief ein und wieder aus. Und schon geht es vorn auf der Bühne weiter.

»Ich lese jetzt die Namen der Schüler vor, die sehr unrühmlich gehandelt haben und bitte nun nach vorn kommen sollen: Daniel Grimberg, Cetin Hassan, Joshua Fudalla, Felix von Achternbusch, Alessandro Tortoria, Prince Samuel El Hadary ...«

Ich gucke Shanti mit großen Augen an. Sie weiß sofort, was ich wissen will. »Ich glaube, sein Vater kommt aus Ägypten«, flüstert sie.

Fast zwanzig Jungs stehen jetzt vorn auf der Bühne.

»Was ihr euch da gestern Abend geleistet habt, war nicht nur überaus gefährlich, es war auch dumm! Nachts zwei Schüler in den Rhein zu werfen, dazu noch eingewickelt in Bettlaken! Was für ein Humbug, diese sogenannten Aufnahmerituale!« Dann geht die Kuhn an den Schülern vorbei, guckt jedem einzelnen streng in die Augen und spricht dabei leise mit ihnen.

Was für eine Show! Die Kuhn marschiert im Stechschritt den Schülern zugewandt wieder an ihnen vorbei. Einige von ihnen schauen verschämt zur Seite, andere versuchen, ihrem Blick standzuhalten. Ich würde wahrscheinlich auf der Stelle in Ohnmacht fallen, wenn sie so eine Nummer mit mir durchziehen würde.

»Ihr bekommt eine Verwarnung – alle!«, sagt sie nun wieder laut und deutlich. »Noch so ein Ding und ihr fliegt. Und zwar nicht ins Wasser, sondern vom Internat. Eure Eltern werden übrigens über den Vorfall informiert werden. Und jetzt entschuldigt euch bitte einer nach dem anderen bei Clemens und Jakob.«

Da die beiden in unserer Nähe sitzen, kann ich alle ganz genau sehen. Als Prince an der Reihe ist, sehe ich demonstrativ zur Seite. Und dann ist das Schauspiel endlich vorbei. Doch als wir uns daran machen, die Aula zu verlassen, sagt die Kuhn plötzlich:

»Paulina, mit dir würde ich gern noch kurz reden. Und danach auch mit euch, Shanti und Sam. Kommt bitte gleich hoch zu mir ins Büro.« Schweigend steigen wir kurz darauf die Stufen nach oben. Theo, Jakob und Clemens sind mit uns gekommen, als moralischer Beistand sozusagen.

»Viel Glück«, sagt Shanti zu mir, als ich an die Tür der Direktorin klopfe. Ich habe tatsächlich Glück, denn es macht niemand auf. Der Pinguin ist noch gar nicht da.

Da ertönt ein lautes Brummen im Schlosspark, sodass wir alle zum Fenster laufen und nach draußen schauen.

»Ein Hubschrauber!«, sagt Jakob.

Clemens seufzt. »Ein Gyrokopter«, klärt er uns auf. »So was wie ein Minihubschrauber, mit dem maximal zwei Leute fliegen können.«

»Was du alles weißt«, sagt Shanti anerkennend.

»Na ja«, erwidert Clemens, »er gehört schließlich meinem Vater. Ich hab schon befürchtet, dass er hier mit dem Teil aufkreuzen wird.«

Der Gyrokopter landet auf der Wiese hinter dem Schlosshof. Die Tür geht auf, ein Mann springt heraus. Auf dem Weg gleich daneben taucht plötzlich noch eine andere männliche Gestalt auf, wie man aus der Ferne erkennen kann.

Jetzt ist es Shanti, die seufzt. »Und da kommt unser Vater«, sagt sie.

Wir sehen zu, wie die beiden Männer sich dem Schloss nähern und durchs Tor gehen.

»Paulina, wollen wir?«, höre ich auf einmal. Frau Kuhn steht hinter uns.

Ich nehme mit ihr und Frau Sauerbrei an einem kleinen runden Tisch in ihrem Büro Platz. Frau Kuhn lächelt mich freundlich an.

»Um es kurz zu machen, Frau Sauerbrei hat mir gesagt, dass du eventuell gern nach Hause möchtest. Nach der Nacht gestern kann ich das gut verstehen. Jetzt wollte ich einfach fragen, wie es heute bei dir aussieht. Hast du dich entschieden?«

»Ich glaube schon«, antworte ich und bemerke, dass Frau Sauerbrei zu einem Lächeln ansetzt. »Aber ich möchte noch zehn Minuten darüber nachdenken. Allein. Geht das?«

»Selbstverständlich.« Die beiden Damen stehen auf. »Ich würde es natürlich sehr bedauern«, sagt Frau Kuhn. »Schickst du bitte so lange Shanti und Sam zu uns rein?«

Ich sage den Jungs, dass ich mal ein bisschen Zeit für mich brauche, und sie nerven mich nicht mit Fragen, sondern lassen mich gehen. Ich setze mich unten an den Wunschbrunnen, aber ich bleibe auch hier nicht lange allein.

»Hallo Paulina«, begrüßt mich Herr Bauer. »So sieht man sich wieder.«

Ich strecke ihm brav die Hand entgegen. Clemens' Vater ist auch da. Er hat das gleiche blonde Haar wie sein Sohn.

»Das ist die Kleine?«, fragt er und ich richte mich etwas auf, um größer zu wirken.

»Ja, das ist sie.«

Von Clemens Vater!

Clemens' Vater drückt mir ein Päckchen in die Hand. »Mein Sohn hat mir erzählt, dass dein Handy nass geworden ist, als du ins Wasser gesprungen bist. Ich habe auf die Schnelle kein anderes bekommen, aber ich wollte mich damit bei dir bedanken.«

Überrascht greife ich danach und packe es aus. Darin liegt ein sündhaft teures Handy.

»Damit kannst du sogar ins Internet gehen«, sagt er und lächelt mich an.

»Es tut mir leid, das kann ich nicht annehmen. Mein Handy war ein ganz einfaches, altes Modell. Davon mal ganz abgesehen, müssten Sie erst einmal meine Mutter fragen, ob Sie mir so etwas überhaupt schenken dürfen.« Ich lege das schicke Handy zurück und gebe es ihm wieder.

Herr Bauer lacht. »Ich habe doch gesagt, dass sie gut erzogen ist!« Endlich dampfen die beiden ab und ich bin allein.

Ich beuge mich vor und lasse meine Hand durch das kühle Brunnenwasser gleiten. Dann sehe ich die beiden

Engel aufmerksam an. »Ich kann mich nicht entscheiden«, erzähle ich ihnen. »Ich möchte gern hierbleiben, aber ich möchte auch wieder nach Hause zu meinen alten Freunden. Ich weiß einfach nicht, was ich machen soll. Könnt ihr mir nicht ein Zeichen geben?«

Nichts rührt sich. Die Engel haben einen in sich gekehrten Blick, und das Einzige, was ich höre, ist das Plätschern der herabfallenden Tropfen. Ich schließe die Augen und horche ganz tief in mich hinein.

»Da bist du ja! Ich hab mich schon gewundert, warum ihr nicht in eurem Klassenzimmer seid.« Herr Naunheim steht plötzlich vor mir. Schon wieder ist er einfach so wie aus dem Nichts aufgetaucht. »Ich wollte dir nur sagen, dass dein Tauber es geschafft hat. Allerdings hat er sich wahrscheinlich einen Flügel gebrochen.«

»Oh, der Arme!«

»Ach, das kriegen wir schon wieder hin. Aber dafür brauche ich Hilfe. Du müsstest jeden Tag nach dem Unterricht kurz nach dem Vogel sehen. Vielleicht sogar mal den Verband wechseln. Traust du dir das zu?«

»Ich glaube schon, aber ...«

»Du glaubst?«

Nein, ich glaube es nicht, ich weiß es. Ich schaff das. Und ich mach das auch!

»Jeden Tag, kein Problem!«, sage ich und springe auf. »Ich muss schnell weg, was klären.«

Ich renne ins Schloss, den Gang entlang zu Frau Kuhns Büro und reiße die Tür auf.

»Ich bleibe!«, rufe ich aufgeregt in den Raum hinein. »Aber nur, wenn Shanti auch bleibt – und Sam!«

Alle gucken mich an. Frau Kuhn, Frau Sauerbrei, die beiden Väter, Shanti und Sam, Theo, Clemens und Jakob. Wieso sind die denn jetzt alle zusammen hier im Büro?

Frau Kuhn grinst. »Da hättest du besser andere Bedingungen gestellt! Dass Shanti und Sam bleiben, haben wir nämlich eben beschlossen und deinen Freunden mitgeteilt. Allerdings kommt Sam in die 7a. Geschwisterkinder haben wir nicht gern in derselben Klasse.«

»Darf Paulina dann dafür eine andere Bedingung stellen?«, fragt Shanti geistesgegenwärtig.

Frau Kuhn zieht eine Augenbraue hoch. »Welche denn?«

»Ganz ehrlich, ich glaube, Sie werden keine Freude daran haben, wenn Sie sie in den Schulchor zwingen. Außerdem, meinen Sie nicht auch, dass Paulina bei den Rettungsschwimmern viel besser aufgehoben ist?«

Der Schachzug ist genial. Ich warte gespannt auf Frau Kuhns Antwort.

»Das ist ja wohl das kleinste Problem, das kriegen wir schon hin!«, verkündet sie.

Dann verlassen wir alle gemeinsam das Büro. Kaum sind wir vor der Tür, fangen wir im Beisein der Väter an zu jubeln und fallen uns um die Hälse. Mein Bauch grummelt dabei allerdings ein bisschen, denn ich habe keine Ahnung, wie ich *das* meinen Freunden in Bottrop beibringen soll.

Als wir uns wieder ein bisschen beruhigt haben, drückt Clemens' Vater mir wieder das Handy in die Hand. »Ich habe eben kurz mit deiner Mutter telefoniert. Ich soll dir sagen, es wäre in Ordnung. Du sollst sie gleich mal damit anrufen.«

»Danke!« Diesmal nehme ich das Telefon an. Es hat keine Tasten, aber das ist mir relativ egal. Da gewöhne ich mich schon dran. Ich muss nachmittags unbedingt auch Kira anrufen, das habe ich ihr versprochen.

Ich werfe einen Blick auf die Uhr. Wir haben halb zwölf. »Und jetzt?«, frage ich. »Unterricht fällt ja heute wohl aus.«

»Wir könnten runter zum Fluss gehen«, schlägt Theo vor. »Wusstet ihr, dass auf der Insel ein kleiner Sandstrand ist?«

Nein, davon wussten wir nichts. Aber von Wasser habe ich heute erst einmal genug.

»Ich habe euch noch gar nichts von Graf Dracula erzählt«, werfe ich also ein. »Er ist gegen das Kapellenfenster geflogen und hat sich dabei verletzt. Ich soll ihn hier pflegen. Wollt ihr ihn sehen?«

»Hast du dir vielleicht den Kopf gestoßen, Paulina?«, fragt Shanti.

Sam legt seine Hand auf meine Stirn. »Oder hast du Fieber?«

»Graf Dracula ist ein Taubenmann«, sage ich lachend. »Er ist im Gehege hinter der Kapelle.«

»Sagtest du Kapelle?« Theo schon wieder! »Dann

kannst du uns ja mal die Rosen zeigen, die dir da aufgefallen sind. Wir haben gestern Abend nämlich keine gefunden.«

Rosen? Ach ja, ich habe versucht, die Jungs auf eine falsche Fährte zu locken. Wie sollen sie auch im Dunkeln die Blüten in den Fensterscheiben bemerken?

»Na gut«, lenke ich ein. »Wer kommt mit?«

»Ist doch wohl klar«, sagt Shanti, »wir gehen alle gemeinsam!«

Wir sind schon fast an der Tür, da ruft Frau Sauerbrei uns noch einmal zurück. »Paulina, Shanti! Bedingungen auszuhandeln, gehört wohl nicht zu euren Stärken.«

»Wieso?« Verwundert schaue ich sie an. Dass ich bei den Rettungsschwimmern mitmachen darf, finde ich genial. Ich habe gehört, dass man dort sogar lernen soll, mit einem Motorboot zu fahren. Und Sam darf auch hierbleiben. Ist doch alles cool.

»Na ja, ich habe eigentlich damit gerechnet, dass ihr verlangt, in Zukunft gemeinsam in einem Zimmer wohnen zu dürfen.«

Mist! Wieso habe ich daran denn nicht gedacht?

Frau Sauerbrei lacht. »Fleur packt schon ihre Sachen. Sie zieht zu Xenia. Das heißt, dass Shanti ...« Sie macht eine Pause. »Vorausgesetzt, ihr seid damit einverstanden.«

Ob wir einverstanden sind?

Shanti fällt mir sofort um den Hals. Und dann springen wir beide zusammen wie verrückt im Kreis und landen schließlich lachend auf dem Boden.

Es dauert eine ganze Weile, bis wir uns beruhigt haben. Theo streckt mir seine Hand entgegen, um mir aufzuhelfen.

»Komm schon, Pempelfurz, hoch mit dir!« Er zieht mich auf die Beine.

»Danke, Schneckenpisspocke«, antworte ich. Und dann muss ich schon wieder lachen.

Andrea Russo, geboren im November 1968, studierte Kunst und Germanistik. Sie lebt mit Mann und Labradorhündin in Oberhausen. Die Inspirationen für ihre Kinderbücher verdankt sie ihrer mittlerweile schon erwachsenen Tochter, die früher jede Menge Flausen im Kopf hatte – und natürlich ihren Schülerinnen und Schülern. Andrea Russo schreibt seit 2009 für verschiedene Verlage und gab im Sommer 2014 ihren Beruf als Lehrerin in einer Förderschule auf, um sich in Zukunft ganz auf das Schreiben konzentrieren zu können.

Elli Bruder wurde 1980 geboren und hat schon als kleines Mädchen sehr gerne Bildergeschichten gezeichnet.
Seit dem Studium in Schottland und Freiburg arbeitet sie als Grafikerin und Illustratorin.
Sie lebt mit ihrem Mann, ihren Pferden, Hunden und Katzen im Pfälzer Wald.

Achtung, die Chaos-Zwillinge kommen!

Antje Szillat
*Maja & Motte
Ach, du dicker Hund*
192 Seiten. Gebunden
ISBN 978-3-649-60948-3

Oh, du Hölle! Maja fällt aus allen Wolken, als Motte vom Waveboardfahren einen Hund mit nach Hause bringt. Er sieht aus wie ein riesiges Kalb, das in Haarwuchsmittel gefallen ist, und ist wild wie ein Nest voller Hornissen. So sehr Motte sich einen eigenen Hund wünscht – Maja hat nun einmal panische Angst vor diesen vierbeinigen Schlabberschnauzen. Und außerdem hat sie im Augenblick ganz andere Sorgen: Wie soll sie beim Vorsingen für den Musicalworkshop einen Ton herausbringen, wo sie doch so schreckliches Lampenfieber hat?

Antje Szillat
Maja & Motte
Drei sind eine zu viel
192 Seiten. Gebunden
ISBN 978-3-649-60949-0

Maja ist ganz aus dem Häuschen, als die coole Stella sich mit ihr verabreden möchte! Aber Motte ist alles andere als begeistert davon. Stella ist nämlich doof, saudoof! Ganz besonders, weil diese sich über Mottes Hund Rübe lustig macht und ständig alles »supi« findet. Zum ersten Mal in ihrem Leben reden die Zwillinge kein Wort mehr miteinander. Doch dann müssen sich die zwei plötzlich zusammenraufen, denn nicht nur Opa Rudi braucht dringend ihre Hilfe, auch Stella ist auf einmal in großer Not ...